心中的军旗

中共福州市鼓楼区委退役军人事务工作领导小组　编

黄建新　杨　辉　主编

海峡出版发行集团 | 海峡文艺出版社

图书在版编目(CIP)数据

    心中的军旗/中共福州市鼓楼区委退役军人事务工作领导小组编,黄建新,杨辉主编. —福州:海峡文艺出版社,2023.12
    ISBN 978-7-5550-3415-5

    Ⅰ.①心⋯　Ⅱ.①中⋯②黄⋯③杨⋯　Ⅲ.①散文集－中国－当代　Ⅳ.①I267

    中国国家版本馆 CIP 数据核字(2023)第 167351 号

心中的军旗

中共福州市鼓楼区委退役军人事务工作领导小组　编
黄建新　杨辉　主编

出 版 人	林　滨
责任编辑	蓝铃松
编辑助理	吴飔苿
出版发行	海峡文艺出版社
经　　销	福建新华发行(集团)有限责任公司
社　　址	福州市东水路 76 号 14 层
发 行 部	0591－87536797
印　　刷	福州力人彩印有限公司
厂　　址	福州市晋安区新店镇健康村西庄 580 号 9 栋
开　　本	720 毫米×1010 毫米　1/16
字　　数	150 千字
印　　张	13.75
版　　次	2023 年 12 月第 1 版
印　　次	2023 年 12 月第 1 次印刷
书　　号	ISBN 978-7-5550-3415-5
定　　价	58.00 元

如发现印装质量问题,请寄承印厂调换

《心中的军旗》编委会

主　编：黄建新　杨　辉

副主编：徐　超　陈　恒　高　翔　陈　炜

编　委：田德强　何春强　张　茜　曾建梅

　　　　王友益　甘小生　同武勋　戚育华

　　　　陈敏风　陈常飞　林丽钦　管　澍

　　　　李　颖　江　榕　周　翔　张甜甜

序

金秋十月，党的二十大在北京胜利闭幕，举国欢庆、振奋人心。党的二十大报告指出："加强国防动员和后备力量建设，做好退役军人服务保障工作，巩固发展军政军民团结"。《心中的军旗》一书在此时面世，意义重大。

鼓楼区素有拥军优属、拥政爱民的优良传统，是驻军大区、优抚大区、安置大区。习近平总书记在福州工作期间，就高度重视拥军工作，希望鼓楼区要不断提高拥军优属工作制度化、社会化、网络化水平。党的十八大以来，鼓楼区怀着特殊感情、带着特殊责任，团结带领广大党员干部和退役军人，以实际行动推动习近平总书记对福建、福州和鼓楼工作的重要讲话重要指示批示精神落地生根、结出硕果。本书的出版，既是牢记习近平总书记殷殷嘱托，对鼓楼区红色精神的发扬与传承，也是学习贯彻党的二十大精神的具体实践成果。

《心中的军旗》一书，写的是31名鼓楼区陆、海、空、武警退役军人创业、拼搏、奉献社会的最美事迹。他们在部队时身份不一，有的是干部，有的是战士，或经历过战火硝烟，或参与过抗灾抢险。现在他们有的成了耄耋老人，有的成了企业老板，有的转身变成一线社区"兵支书"。但不论什么身份，他们始终坚守军人本色，在平凡的岗位上勇敢面对风险和挑战，尽忠职守，默默奉献，用具体行动诠释了退役军人的使命和担当。他们只是鼓楼区近三万名退役军人的代表，还有很多优秀的退役军人，同样取得了优异成绩，因本书篇幅限制，未能编入其中。但是他们每一个义举、每一次奉献、每一份坚守都深深烙印在鼓楼区改革事业发展的记忆里，这种深切的情怀令人感佩。

退役军人的先进典型是"活教材""营养剂"。本书饱含着"尊崇军人职业、尊重退役军人"的赤子之心，通过一个个平凡的故事，传递出每一个可爱人物背后发光发热、奋斗终身的精神，生动诠释了"从哪里来、到何处去"的价值追求。冀望广大党员干部以此勉励，在建功新时代的征程中争当先锋军、排头兵。

本书是一本倾情之作、一本精心之作。编著的作者既有经验丰富的退休老领导，又有来自不同岗位的新同志，他们不辞辛劳赴一线采访、掌握事实、认真撰写。借此，对关心支持鼓楼区发展、付出创作辛劳的友人，谨致谢忱。

军魂永不变，军旗永向党。让我们以榜样为镜、向标杆看齐，在习近平新时代中国特色社会主义思想指引下，埋头苦干、奋勇前进，为全力打造现代化国际城市"最美窗口"而团结奋斗！

黄建新

2022 年 10 月

目　　录

心中的军旗

——记退役军人李铮

◇何　英

都说军人是用特殊材料打造的。经过绿色军营熏陶的人，特别能吃苦，特别能战斗。

儿时的向往

李铮，出生在霞浦。儿时的她非常向往那身绿色的军装，每次遇见解放军叔叔，她都会不由自主地停下脚步。十几载的寒窗苦读，在高中毕业后，当"命运之神"向她招手，她毅然选择了绿色军营。

1999 年 12 月，正在读高三且学习成绩优异的她，得知县里的征兵名额中有招收女兵，便毅然决定报名参军。家人和亲朋好友得知后，不少人都用"读书将来前途很好，当兵很苦"劝说她慎重考虑，但是熟知女儿秉性的父母仍然给予了大力支持。

经过报名、体检、政审等程序，她如愿以偿成为一名光荣的军人。启程的那一天，家长含泪相送，依依不舍，她却兴高采烈。在家人的祝福声中，她穿上了梦寐以求的绿色军装。踏上火车的那一刻，她激动得心脏要跳出来了。

新的生活开始了，首先迎来的是新兵集训。新兵营的生活并不是她想象中的那么美好，每天雷打不动的列队、战术基础、体能锻炼、了解武器性能和射击等基本训练项目，每一天的每一个动作她都下决心苦练。她知道，穿上绿色的军装，就必须付出努力。

三个月的集训结束后分配下连队，她被分配在北京某部。一次在军营的常规化训练中强度特别大，她正遇女性的"特殊情况"，她告诫自己：绿色军营没有胆怯鬼。于是，她选择了咬牙坚持。

2000年，她调回福建省武警总队。其间，她做过考军校的梦，但由于备考时遇到执行任务，终究未能如愿。

2004年11月，她光荣退役。离开部队的那一天，大红花佩戴在她胸前的那一刻，她在心中庄严立志：让中国人民解放军这面军旗，永远在心中飘扬！

择业无怨

退役时按有关政策，入伍所在地民政部门应该安排她就业。但是，由于各种原因，没有合适的岗位。这时的她，没有任何怨言，时时提醒自己：一定要通过自己的努力，继续前行。

经过深思熟虑，她决定去圆五年前的大学梦。一番自学、请教和参加辅导，2005年9月，她如愿考入泉州师范学院音乐学院的美声专业。三年寒窗苦读，她如期接过了老师手中那红彤彤的大专毕业证书。

2007年，梦想穿上演出服在舞台上放声歌唱的她，到福州文博中学实践，以优异的成绩考进该中学，成了一名音乐教师。她万分珍惜这个岗位，一方面以军人的工作作风、生活作风和老师们共同努力，热情地引导学生努力学习，积极迎接生活的挑战，做生活的强者；另一方面，她用音乐的美来塑造学生的心灵。为了提高自身素质，2008年她再次参加在职成人教育入学考试，以优异的成绩考入福建师范大学音乐学院。

李铮常常说：在自己的人生中，虽然两度跨入高校的大门，但是都没有第一次跨进军营时激动。五年的军营生活，已在她心中插上了一面永不褪色的军旗！

服务社区

2011年一个偶然机会，李铮得知鼓楼区在招收社区卫生服务站的管理人员，就与家人商量去应考。家人提醒她说："到社区工作，得有充分的心理准备。在那里，每天遇到的都是'婆婆妈妈'的琐事。"

她爽快地回答说："经过五年军营生活锻炼的人，什么'婆婆妈妈的事'都能接受。"

说来也巧，晚上睡觉时她做了一个美丽的梦。在梦中，她看到街道门前飘扬着军旗，迎接她的是一位穿着军装的退役军人，还向她致了一个庄严的军礼！当她正要向对方致礼时，梦醒了。她揉了揉眼睛，感觉有点模糊。她忽然想到，自己肯定是受到了心中那面飘扬着的军旗的感召！

几天后，她成了鼓楼区五凤街道卫生服务站的社区管理工作者。

初来乍到社区卫生服务站，烦琐的小事着实让她感到社区工作的艰辛。诸如建立居民健康档案、采集健康档案信息，服务辖区内0至6岁儿童、孕产妇、老年人、慢性病患者的门诊和就诊人群的管理，掌握辖区居民的花名册，并按照管理对象的重点人群进行分类，经常性地登记整理本社区居民健康电子建档，普及居民健康教育和健康知识，预防接种服务和严重精神障碍患者的管理服务等。有时为了体现社区工作者的特性，需要穿上白大褂到社区去开展服务活动，却会引起居民的误会。

有一次，她和两位同事穿着白大褂在一处小区里开展义诊的宣传活动。刚进小区，就被一群居民误会、指责："你们是怎么混进社区来推销产品？你们想欺骗我们小区的老人？是谁让你们进来的？出去，出去！"把他们赶出了小区。

她和同事挎着义诊箱，一手提着折叠椅，一手拿着血糖检测和血压器，沮丧得就像泄了气的皮球。她收拾好心情安慰同事后，联系了该社区的物业主任。很快，经过物业主任的协调，她们得到了居民们的理解，被热情地迎进了小区。

为了更好地服务社区群众，2016年，经多方打探，她得知北江社区卫生服务站有位德高望重的老中医，李铮想方设法前去拜师，功夫不负有心人，这位老中医将她收为"关门弟子"，成了"师承中医"的一位学徒。她决心以更好的姿态迎接社区卫生服务工作新的挑战。

"逆行"的志愿者

新冠疫情暴发，小区的疫情防控、上门流调、协助防控疫情成了社区的重要工作。于是，她开始以"社区志愿者"的身份，辛勤地奔波在社区。

2019年除夕，早饭后她和家人高高兴兴地回漳州过年，下午接到单位通知，要求立即返回。正准备吃年夜饭的她与家人商量，打算先行返回。后来由于交通因素，全家在大年初二早上一起返回。

刚到福州，她便得知社区急需防疫物资。她马上与家人商量，找到一个朋友，自己掏钱买了两大桶（每桶20公斤）的消毒液，无偿捐给社区。接着，她到处寻找当时特别紧缺的口罩，找到后，她又是自己掏钱买下、捐给社区。

社区卫生服务站需要大批的志愿者，她也理所当然地报名参加。

之后一段时期因疫情传播得特别凶猛，上级要求全民核酸，社区的防疫物资又出现了紧缺，她又多方联系，自己掏钱帮助解决。

2022 年 3 月泉州疫情暴发，省建工集团要以最快的时间采购防疫物资建方舱医院。这时，最紧缺的是口罩和连花清瘟颗粒冲剂，在家人的支持下，她打探到准确的消息后，用"盯梢式"的方法，跑到福建同春医药公司蹲点一整天，货一到就"抢"了一批，解了燃眉之急，诠释了一名退役军人的责任和担当。

邻居们的孩子

由于工作积极努力，李铮被调任华大街道湖前社区卫生服务站负责人兼屏东社区党委福建日报宿舍区的近邻党建党支部书记。

社区党支部的工作，也同样多是琐事。在组织党员活动时，她了解到福建日报宿舍区有不少唱歌爱好者，便组织起老人合唱团。组织合唱团自娱自乐，对声乐专业毕业的她来说并不难，但是要上台参加演出就不是一件易事。有时任务来得特别急，要求在两个小时内就要拉起合唱团登台表演，但她靠着扎实的基本功，不仅能应对自如，还让合唱团成功地登台参加演出，获得社区的认可。

如今，懂些居民中药保健知识的她，成了福建日报宿舍区居民的家庭医生，邻居们谁家头痛脑热时就能想起她。半夜里，有人家里小孩发高烧，到她家来敲门；邻里们有家长里短或家事纠纷，也来找她；有一位经历非常丰富的高龄老人，邻居都说他脾气怪，她得知后，登门拜访并以心相交，换来了老人的信任和友谊；社区里喜好唱歌的人，期盼着她"吹哨子"集中大家一起活动，带领合唱团上阵演出。社区里都称她是"邻居们的孩子"。

在她和家人的共同努力下，2020年12月荣获"鼓楼区五好家庭"；2021年9月荣获"鼓楼区最美家庭"；2021年11月荣获"福州市最美家庭"；2021年12月荣获"鼓楼区身边好人"；2022年5月荣获"福建省最美家庭"。

当有人问她："你已经是两个孩子的妈妈，这样坚持努力为社区服务累不累？"她自豪地说："退役军人的心中永远飘扬着军旗！在社区需要我时，能为国家尽一份微薄之力，是我们每个退役军人的初心。"

奋力奔跑在新征程上

◇林思翔

坐在我面前的这位中年人，身量细挑，脸上架着一副银边眼镜，一双眼睛炯炯有神，透射出刚毅与聪慧。他讲话语速稍快，但表达清晰，带有军人风度。他就是首届福建省最美退役军人提名奖获得者、省委军民融合办发展规划处处长赵勇。

赵勇出生于干部家庭，从小耳濡目染，特别是受到担任县公安局局长的父亲言传身教，使他从小就萌生了扛枪卫国的念头。高中毕业后，他如愿以偿地考上了海军工程学院，在计算机及应用专业就读。毕业后，他在海军某部后勤机关工作，工作之余还撰写了数十篇军事论文，先后获部队两次嘉奖，一次三等功，直至担任海军福建基地某部正团职干部后转业。戎马生涯二十三载，军人灵魂、亮剑精神和家国情怀已深深融入赵勇血脉。2010年9月，他依依不舍地离开部队来到地方。"退役是转身，更是出发"，他暗下决心，要以冲锋的姿态，进取的精神和军人的本色去拼搏，再战征途，再续荣光。

"没有赵书记的努力，我们村哪有这么大的变化"

赵勇转业后到省发改委稽查办，任副调研员。面对陌生的工作环境，他虚心向领导和周围的同志学习、讨教，很快就熟悉了工作，进入了角色。正当他干得顺风顺水的时候，2011 年初，他看到了省委关于做好第三批选派党员干部驻村任职的通知，军人的责任感驱使他为百姓脱贫致富贡献一份力量。于是，他当即向组织请战，被批准担任松溪县渭田镇东边村第一书记。

彼时正值腊月，闽北大地寒风呼啸，一派冷寂，赵勇的心却是热乎乎的。他还像在部队时一样，接到通知便立即出发。一路上他心潮澎湃，对这个闽北山村充满期待。可当走下车，到达东边村时，眼前的景象让他倒吸了一口冷气：村里道路泥泞、污水横流……到了晚上，整个村庄没有一盏路灯，一片漆黑，寸步难行。脏乱差的村容，犹如在他火热的心头泼了一盆冷水，给他激动的心情降了温。可他转念又想，正是因为有困难，组织上才派人来。伫立暗夜的寒风中，赵勇暗下决心，一定要带领村民改变这里的落后面貌。

首先要让东边村春节的夜晚亮起来。说干就干，到村第三天，赵勇就与村两委干部一起实地勘察路线，而后又奔波于县供电公司和有关部门，一个单位一个单位地争取支持。电杆很快就买来了，但如果雇人挖坑立杆又要花一笔钱，为了节省资金，赵勇就挽起袖子带头挥镐挖土，带动村民们一起干。寒冬腊月，土层坚硬，刨坑十分费力，赵勇凭着一股军人的冲劲，硬是带领村民每隔 50 米挖一个坑，几天内将 70 多条电杆全竖了起来，在不到半个月的时间里，东边村 4 个自然村在春节前全都亮起了路灯。村头村尾灯光闪亮，不仅给村子带来光明，让村民过上祥和的春节，也给他们带来希望，让他们看到了发展的前景。

路灯破题，凝聚人心，这也使赵勇看到了村里发展的潜力和村民心中隐藏的积极性。于是他带领村两委走家入户，调查座谈，制定三年发展规划，而后根据这个规划组织实施，让村子一步一步地发展起来。

村庄道路硬化、安全饮水、宽带网入户整村覆盖、新建农村污水管网及人工湿地公园、建设村级综合服务中心和标准烤烟房以及农渠、溪水坝、田间机耕大道建设等，这一项一项工程都是赵勇带领两委组织村民干起来的，东边村基础设施落后的状况一步一步地得到了改变。三年时间里，他通过多种渠道给村里争取了 1000 多万元资金。在这 1000 多个日子里，他往返省市县多少趟，进了多少回机关单位的门，遇到多少困难曲折，他为办这些实事又倾注了多少心血、熬了多少夜，只有他自己心里清楚。

村里要发展，除了政府部门帮助支持外，更重要的还是增强自身"造血"功能。他发现当地特产竹笋、山露、烤烟等，但就是不成规模，形不成产业，不少村民只好外出打工。赵勇对村民说："东边村青山绿水和大片土地就是最大财富，不能只想着出去打工，要转变思路，就地发展，做大产业。"为了做大烤烟产业，他帮助群众建起了 13 座标准密集式电烤烟房，改变了过去由木材烘烤土烟的状况，烟叶质量提高，收入多了，推动了烤烟业发展。光这一项产业的人均纯收入就增加了 1000 多元。

为进一步推动发展，赵勇提议成立生态种植专业合作社，他帮助筹集了 100 多万元资金，建起加工厂，发展了 300 多户社员，采用"公司＋合作社＋农户"形式，向市场推出当地特产竹笋、甜玉米、山露等农产品。合作社的建立，实现资源变资产，资金变股金，农民变股东，引领广大农户走上共同致富之路。赵勇还帮助注册了"东边红"商标，带着村里产品到省城参加"6·18"海峡项目成果交易会。产品年销售额达 800 万元以上。村民年人均收入从 2010 年的 1900 元增加到 2012 年 6700 元。东边村也从"空壳村"发展为每年有 10 来万元的稳定财政收入。

村民收入提高后，赵勇又考虑如何丰富他们的精神文化生活。通过与村两委的多方努力，村里先后建起了幼儿园、卫生所、老人活动中心、阅览室、篮球场及文化广场；组织起了一支男子舞龙队和一支女子舞蹈队；还举办了东边村首届农民运动会，村里 200 多位农民选手组成 8 支代表队，1000 多名村民观众参与了这场盛会。那阵子村里就像过节一样，热闹非凡。

村容村貌的整治也一直在进行。赵勇还从浙江购买了 3600 多棵桃树苗，让村民种植在东边村的村头地角，要把村子打造成"桃花村"。几年过去，东边村村容整洁，桃树成林，处处"桃花笑春风，喜迎天下客"，先后被评为"南平市文明村""南平文化新村"和"国家级生态村"。东边村党支部连续两年被松溪县委县政府评为优秀基层党支部。东边生态种植专业合作社获评全国总社农民合作社示范社。

说起东边村的变化，村主任吴得荣深情地说："没有赵书记的努力，我们东边村哪有这么大的变化，我们全村人都非常感谢他！"赵勇离村的那天，数百名村民自发敲锣打鼓欢送他，直送到数里外的镇政府所在地。面对乡亲们的深情，这位军旅汉子也难掩激动心情，饱含热泪。

"他为清洁能源建设倾尽心力"

驻村回来后，赵勇在省发改委负责项目联络处和能源发展处工作。这期间他为推动福建省清洁能源建设及电力体制改革倾注了大量心血，做了许多卓有成效的工作。

福建山海兼备，能源资源丰富，但由于种种原因，能源结构不尽合理。为了实现能源与环境、经济的协调发展，他深入风电场、光伏现场，踏勘比选，开展了我省抽水蓄能电站选点规划调整工作，推动新建了一批抽水蓄能电站，使福建的能源结构渐趋合理。他参与福建电力管理体制改革，召开座谈会，听取各方意见，进行方方面面的协调，在充分调查研究基础上，在半年时间内牵头形成了电力改革综合试点方案和10个配套文件，推动福建电力交易中心成立。福建的这项工作走在了全国前列。

在推动新能源发展上，充电桩的建设让赵勇最难忘，也最有成就感。2016年左右，私人购车还不是很普遍，特别是新能源汽车还不是太多，在这种情况下发展供新能源汽车充电用的充电桩，在当时是有争议的。

建设"电动福建"，必须充电桩先行，作为这方面的具体负责人，赵勇敏锐地看到了新能源汽车的发展趋势和环保对新能源要求的紧迫性，别看这小小的一个充电桩，它涉及电力扩容、收益分配、财政补助、物价指导等方方面面的问题。赵勇调查摸底，协调各方，从确定投资企业到运行流程，拿出了一整套方案。每一项具体工作，他都亲力亲为。他牵头制定的《电动汽车充电基础设施工程包实施方案》，经省政府批准后，全省以最快速度建设了150座充电站，公共领域充电桩3000多个，促进并实现了公共停车场与充电等设施一体化建设。如今每当他看到高速公路休息站的司机们在充电时，想起自己洒下汗水的收获，心里总是喜滋滋的。福建充电桩建设规划及管理办法受到国家能源主管部门充分肯定。

"他就像拼命三郎，一直在奔跑"

2018年冬，赵勇又走上新的工作岗位——省委军民融合办发展规划处处长。虽是军事院校毕业，又是在职硕士，赵勇仍感知识储备不足，抓紧时间，学习卫星应用、人工智能、网络空间等前沿知识，以最快速度"充电"，提升自己的业务能力和水平。

深入调研，收集资料，翻阅文件，协调关系，在领导全力支持和同事们的帮助下，赵勇抓好统筹规划和项目建设，牵头制定了委员会的工作要点、发展规划、战略纲要实施意见、创新示范区创建实施方案等重大政策性文件，提出的项目建议清单包含60多个项目，投资规模达2300多亿元，共建示范项目20多个，投资规模350多亿元，摸底和编报重大项目180多个、总投资8000多亿元。这些数字，是他和同事们的辛勤汗水和加班加点的努力所凝成的。所以人称他是"拼命三郎"，面对挑战一直在奔跑。

转业到地方10多年来，赵勇一如在部队一样风风火火，雷厉风行，说干就干，干就干好。用他自己的话说，从部队到地方，改变的是环境，牢记的是使命；转变的是身份，不忘的是初心。因此不论在哪个岗位上，他都以军人的姿态去对待、去冲锋，全身心地把工作做好。他的努力奋斗，受到群众的广泛赞扬，也得到了组织上的充分肯定，收获了不少荣誉：他先后被松溪县委县政府评为优秀下派书记，荣获三等功一次；被南平市评为"创新争优优秀共产党员"；被南平市委市政府评为"优秀驻村干部"，授予集体二等功一次；被福建省发改委连续三年评为"优秀公务员"，授予三等功一次；被省委军民融合办"两优一先"表彰为"优秀共产党员"；2020年9月荣获首届福建省"最美退役军人"提名奖。

荣誉只能说明过去，一切从零开始。军装虽脱，军魂犹在。赵勇又抖擞精神，以军人的姿态在新征程上奔跑。

云娥之美

——记福建省"最美退役军人"吕云娥

◇陈元邦

在党的二十大胜利召开的那天下午，我与吕云娥在军门社区服务大厅里聊着天。见到她的老人，亲切地称她"吕大姐"；社区的孩子们见到她，亲切地喊她"爱心奶奶"。我问居民，你们熟悉吗？他们告诉我，她真是比我们的亲人还要亲啊，她把社区当作大家庭，把街坊邻里当作自家人。

从工作岗位上退下来了，本可以含饴弄孙，享受天伦之乐，但她没有。她说："能实实在在帮助他人是件非常快乐的事，我得到的远比我付出的多得多。"退休后，她获得了一系列的荣誉："2020 年度全国学雷锋志愿服务四个 100 最美志愿者""第八届全国助人为乐道德模范提名奖""第七批全国学雷锋标兵""第一届福建省最美家庭""福建省首届五星级志愿者""福建省最美退役军人""第七届福建省助人为乐道德模范""2020—2021年度感动福建十大人物""福州市五好文明家庭""福州市首届十佳邻里""第五届福州市助人为乐道德模范""福州市首届最美退役军人""福州市三八红旗手"等。这些荣誉的背后，是她默默的奉献，也是社会对她的肯定。最近读到有关她的一则报道，其中写道："退休后，她主动加入福州市鼓楼区军门社区志愿服务队。27 年来持之以恒为群众义诊达万余次，时长超过12000 小时。为患者垫付医疗费 16 多万元，累计捐赠款物近 20万。"数据有些枯燥，但这数据的后面是一个个可以触摸到的感人故事，可以从中窥探到她的精神世界。

我是一名军人：军人有大爱情怀

吕云娥的简历中，有一段关于她军旅生涯的记载。她讲起自己的参军经历，犹在眼前："1950 年我加入共青团，是当时学校里的第一位共青团员，即将毕业时，有很多岗位可以供我选择，当时，正值朝鲜战争爆发，抗美援朝、保家卫国是青年人的向往，我响应党的号召，报名参军，背起行囊从南方到了北方，成了东北军区后勤部第六医管局第一后方医院一名医护工作者，这所医院专门接收从朝鲜前线回国接受治疗的伤病员。"

这里听不到战场的隆隆炮声，这里看不到战场的滚滚硝烟。但是，从每一个朝鲜战场上送回来的伤病员身上，她可以听到隆隆炮声，可以看到硝烟弥漫。吕云娥含着泪告诉我，在她接收的伤员中，有被敌人燃烧弹烧得面目全非的伤员，有被雪冻伤不得不截肢的伤员。为什么他们会伤得如此严重？为了不暴露目标，战士们任由火在身上燃烧、躺在雪地里一动不动。这些战士，将生死置之度外，他们是最可爱的人。她的心受到了洗礼。

她把心灵的激荡转化为爱的行动，细心地照顾每一位伤病员，当伤病员需要输血的时候，她毫不犹豫地献出自己的鲜血。看到一些战士得到康复，她非常高兴；看到有些重伤员情绪悲观，她的心无比难受，千方百计地开导他们，鼓励他们恢复信心；看到一些重伤员离开了人世，她也总是怆然泪下。

至今，她的脑中还会浮现这些伤病员的身影，每每想起，就会落泪。他们如一把尺子，衡量着自己。想想他们、想想前线的战士，她感到非常知足。前方战士们就着雪啃嚼干面，抱着枪躺在雪地里休息，我们至少可以吃上热饭热菜，可以睡一个安稳觉。

她说，很庆幸成为一名军人，体会到了军人的爱。这个爱，包裹在军人的"刚"中，是用军人的刚强铸就的。

1954 年，她入了党。党员、军人、医生，成了她的人生烙印。

我是一名医生：医生当有仁者心

1954 年 8 月，吕云娥告别了军营，进入了沈阳医科大学学习。当一名医生，是她的心愿、她的选择。四年学习生活结束后，她先是到晋江医士学校当教师，后又回到故乡福清，在县医院担任儿科主任。

那时的她充满理想，浑身都有使不完的劲儿。心里只有一个念头：我是一名党员，组织上叫我干啥咱就干啥，哪里有需要就到哪里去。她很自豪地告诉我："福清的所有地方我都去过，哪怕是交通再闭塞、条件再艰苦的地方我都走过。只要老百姓需要，只要能够救死扶伤。"

1966年夏季，刚经历过剖宫产的她正在家里休产假，医院人事部门打来电话，说小儿科需要抽调一个人下乡参加血吸虫的治疗。她在电话中说，我去吧。于是她提前结束了产假，将孩子托付给婆婆，自己就下乡去了。下乡中，右侧大腿感染，吕云娥没有吱声，依旧工作在一线。

至今，许多人还与她保持联系，有同事，也有她曾经医治过的病人。其中一位她救助过的婴孩长大后一直与她保持联系。他说，妈妈告诉他，是云娥阿姨救了他。吕云娥有个习惯，每天上班时，与当班医生交接后，一定会到病房再巡查一遍。有一天，她看到一名新生儿嘴唇发黑，意识到可能会出现问题，立即将这个刚出生的婴儿送到急救室抢救。云娥说，如果不及时抢救，婴儿可能会窒息。

她退休后，资助了不少困难群众。其实在当医生时，对无钱治病的百姓，她总是自掏腰包。有一个患者，卖了家里的鸡来医院看病，可是钱却被小偷偷走了，在门诊大厅里哭着。她看到了，安慰了患者，拿出钱为这位患者治病。

她给人治病，有一个开方原则，同样药效的药，开价格便宜的；同样价格的药，开副作用小的。下药，关键在对症；对症，关键在于把病因弄清。

她的一番话，让我体会到，医生要有仁者之心。

我是一名党员：党员要坚守初心

吕云娥从福清市医院儿科主任医师岗位上退下来，从福清来到福州生活，落户在军门社区。有不少人出高价请她到药店坐诊，她谢绝了，宁可义务为人看病治病。她告诉我，钱再多可以花完，但行善之路没有终点。奉献社会、服务百姓，这就是她的初心。

20世纪90年代，社区住着不少贫困户，有的人没有钱治病，社区便成立了老医生义诊服务队，云娥自告奋勇担任队长。社区里有个小孩的喉咙久痛不愈，她给小孩检查后开了药，喉咙很快就好了。她的名声外扬，请她看病的人多了起来。1995年居委会成立社区医疗服务站，服务站每周三有一位医生要轮休，她义务到那里去替班。社区有了居家养老照料服务中心医疗保健室后，她又在这里为老人量血压，当他们的健康顾问，为他们答疑解惑。

2001年7月，吕云娥被邻居们推选为军门社区居民代表，社区大街小巷经常出现她的身影，她走街串巷了解民意、倾听民声，及时向社区反映居民群众的要求，无物业小区整治、小街巷改造、植树护绿、社区义务巡查队……都少不了她的热心支持和参与。社区整合后成立新图书阅览室，当她得知社区图书存量不足时，就回家和老伴商量，连夜将家中的藏书整理捐献给社区。

她每月从有限的退休金中节省下几百元，用来帮扶社区里的困难邻里，这样的爱心善举持续了整整20年。2022年的重阳节，她把"最美退役军人"等各种表彰经费和慰问经费凑在一起，让社区里的老人们一起共度了一个愉快的节日。她曾说过"我们夫妻都是退休干部，而且都是共产党员，平日生活节俭一点，就能帮助更多困难群众"。

2003年，得知社区特困户廖大丰所在的工厂倒闭，妻女又患有精神病，儿子还在上学的情况后，吕云娥又与廖大丰结对帮困，每月资助廖大丰一家100元，逢年过节还买了许多礼品送给他们。不料，廖大丰家里经济窘况刚有所缓解，10月中旬廖大丰又轻度中风，因无钱就医只能回家卧床养病。当时正在吃晚饭的吕云娥得知这一消息后，立即放下饭碗，跑到廖大丰家，为其免费打针、送药，连续两个星期，每天都亲自上门为廖大丰看病、打针、量血压，直到他康复。一提起吕云娥，廖大丰就眼眶发红，他哽咽着说："要不是吕大姐，我恐怕早就动不了了，吕大姐不是亲人胜似亲人啊！"

几年来，吕云娥先后与陈泰亦、廖大丰、林金金、杨祖红、李星等12户贫困家庭结为帮困对子，累计捐赠款物近20万元，帮助这些贫困家庭的孩子圆了上学梦。她常对贫困家庭的孩子说："困难是暂时的，让我们一起去克服。"

她与我面对面坐着，我仔细地打量着她，虽饱经沧桑，但她依旧绽放美丽。在她的各种荣誉中，常常含有"最美"二字。

我琢磨着，云娥之美，来自几十年涵养哺育。她的美，是她的世界观、人生观、价值观的写照；是党员底色、军人底色、医者底色晕染出的美。

她的美，美在心灵，是心灵之美的外化；她的美，美在初心，是几十年的矢志不移，不因脱下军装而改变，不因退休而改变。她说，我是一名党员，是党员就要付出而不是索取。她的美，美在情怀，无论作为军人，还是作为医者，都怀揣大爱情怀、利人情怀。她的美，用爱浇灌，用爱串起。

一个人做点好事并不难，难就难在一辈子做好事，一辈子做让别人快乐的事。她就是一辈子做好事、做善事，做利人的事的人。

美，是一道风景，可以观照内心，反省自我。

百灵鸟永为祖国歌唱

——军旅歌唱家刘淑清的音乐生涯

◇马照南

> 脱下绿军装，豪情奔四方，
>
> 无论我走到哪里，使命心中藏。
>
> 脱下绿军装，豪情奔四方，
>
> 无论我走到哪里，我心永向党！
>
> 若有战，召必回！

这首《退役军人心向党》的战歌在福州谱写录制以后，高亢嘹亮的歌声就在各广场、社区响起，唱出了退役军人对军营的不舍和牵挂，唱出了人生的豪迈，更唱出了退役军人红心永向党的坚定信念。

"军中百灵"女歌唱家刘淑清说："2022年5月，福州市鼓楼区退役军人事务局田德强局长，打电话说，他写了一首歌词《退役军人心向党》。我让他把歌词发过来。看了歌词我就特别兴奋，觉得很有感情、很有激情，写出了广大退役军人奋进新征程、建功新时代的蓬勃朝气，写出了广大退役军人的忠党、爱军、报国的拳拳之心，写出了新时代退役军人的豪情壮志，兵味儿十足。"

在田局长指导下，刘淑清和新时代军歌作曲家梁慧与摄制单位密切配合，将这首旋律高昂、情感真挚、朗朗上口、意境高远的词，制作成一首节奏明快的歌曲，并配有画面优美的 MV，一经播出，广受欢迎。

人们都说，苦难是人生的财富。刘淑清出生在吉林普通工人家庭，是从关东黑土地走来的。在家中五个孩子中排行老三。小淑清 6 岁时父亲因病离世，全家只靠母亲每月 40 多元工资维持生活。因为贫穷，小淑清从小就只穿姐姐穿过的旧衣服，从没穿过新衣服。好在有党和政府的关怀，她靠着助学金，从小学顺利升至中学。懂事的她从小就在心中深深种下爱党、爱国、爱军的种子。小淑清自幼喜欢唱歌，一张口甜美的歌声就飞出来，给这个苦难的家庭带来欢乐。16 岁那年，刘淑清凭借好嗓子考入吉林市歌舞团。后来，她从沈阳音乐学院毕业，1987 年又凭借实力考取武警福建总队政治部文工团，穿上了向往已久的绿军装。

穿上军装的刘淑清更加严格要求自己。不论是组织纪律还是日常业务，她时时事事起模范带头作用。当时武警文工团常年都有几十场下部队演出，她和同事们要负责把精神食粮带给部队，带给战友们，也带给福建父老乡亲。当时下部队演出，不论春夏秋冬，说走就走。不像现在，有便携的伴奏带，出发时他们都要带上一个大乐队，带着灯光、音响。这些装备要提前两个小时装上汽车，到了演出地卸下，演出结束再装上。刘淑清跟男兵一样，争先恐后冲在最前面，抢装、抢卸设备。

福建沿海风沙大，山路崎岖，夏天湿热干燥，冬季寒风凛冽。那时多数剧场没有空调，一场演出下来，文工团常常是汗流浃背。冬天演出，气温又会降到零度左右。刘淑清每一场演出都全神贯注、精神饱满，每一次到基层去慰问演出，她都以满腔激情，用铿锵婉转的歌声，把美妙的歌曲传递给战友和观众。

"烽烟滚滚唱英雄，四面青山侧耳听，青天响雷敲金鼓，大海扬波作和声……"演唱会上，刘淑清常常以这首荡气回肠的《英雄赞歌》开场。礼堂里座无虚席，武警战士们侧耳倾听优美的歌声，许多人还情不自禁地跟着轻轻合唱。

"战友们你们辛苦了，我向你们表示最诚挚的问候和感谢，感谢你们保卫祖国和人民，你们是最可爱的人。"刘淑清深深地鞠躬，现场响起阵阵雷鸣般的掌声。她又拿起话筒，深情演唱《我爱你中国》《唱支山歌给党听》《当兵的历史》，一首首经典的"战歌"让现场气氛高涨，大家热烈地鼓掌，跟着旋律打起节拍……

人们都说，音乐是一种感悟生活、激荡灵魂的艺术。"每一首歌，都要唱出对生活的独特感悟，蕴涵的深厚情感，尤其是军旅歌曲，饱含对祖国人民的深情，饱含信念责任，还有军人特有的豪迈。"刘淑清认为，歌唱者要把这种深情用最优美的旋律，把我们可爱战士的崇高思想境界表达出来。歌者要了解我们的新时代，热爱我们的战士，深刻体悟每一首歌曲的深刻内涵和故事，把"歌魂"，把深厚的情感表现出来，打动人心，感染观众。

刘淑清从武警文工团副团长、政委到团长，一当十几年。她全身心投入到工作中，全力抓创作。从小品相声、声乐作品、舞蹈作品等，每年都在省级、全国获大奖。她不仅组织能力强，还善于发现人才、培养人才。她因材施教，珍惜每一个好苗子。她在任时，团里聚集过孙砾、卢荣昱、梁慧、郑海兵、张思佳、周海涛、魏静、郑虹等一批至今活跃在歌坛的知名音乐人和歌手。

由于她少年时受过戏曲表演的严格训练，又师从赵振邦、赵志富、郑寒、郭淑珍等教授，艺术功底很深，她的演唱神、情、形、声兼备，达到了歌唱与表演的和谐统一；她嗓音甜美，音域宽阔，吐字清晰，富于韵味。她的声音具备温馨、清脆、甜美、欢欣，流畅自然等多种特质，因为注重吸收各种音乐技法，形成了自己独特的声乐艺术表达方式和演唱风格，成为当代美声声乐艺术的一道独特景观。

刘淑清因其端庄、大气的舞台形象经常担纲大型晚会的压轴演出，是一位不断探索不断发展的艺术家。她在学习老一辈歌唱家歌唱艺术的基础上，博取众家之长，勇于创新、不断突破自己。良好的音乐内涵和20多年的音乐基本功底，使她的演唱挥洒自如，宛如飞过蓝天的百灵鸟，所以获得"军中百灵"的美称。

福建，是刘淑清的福地。刘淑清在福州当兵的30年里，福建省、福州市各类大型文化活动常能听到她悦耳的歌声。她成长为国家一级演员，中央电视台特邀演员，中国音乐家协会会员，福建省音乐家协会常务理事，声乐专业委员会副主任，历任武警文工团副团长、政委、团长，先后荣立二等功两次，三等功一次，曾获全国首届"中华大家唱"青年歌手电视大赛美声唱法第一名、第五届全国"五洲杯"青年歌手电视大奖赛获美声唱法第二名、全国武警部队"兰芝杯"青年歌手电视大奖赛美声唱法一等奖等荣誉。

1994年,她作为全军英模代表进入中南海,受到党和国家领导人的接见,10月1日晚登上天安门城楼,参加了中华人民共和国成立45周年的国庆盛典。

2017年,刘淑清退休进入福州市退役军人事务局华林军休所。2019年,她战胜病痛,继续战斗在乐坛第一线。她热衷公益事业,不忘初心使命,发扬军队光荣传统,积极参加党支部政治学习、主题党日、红色领航、公益志愿服务等各项活动。

刘淑清醉心音乐,积极参加福建省文联、省市新闻媒体举办的"歌颂党、歌颂祖国"义演活动,足迹遍布军营和偏远山村。为庆祝建党98周年,她专门举办了"怀感恩之心唱祖国赞歌"音乐会。她参加退役军人事务部首次举办的庆祝中华人民共和国成立70周年文艺汇演,一首《啊,我可爱的中国》深深打动了观众,获得福建赛区第一名。她又代表福建省赴京参加汇演,为福建省、福州市争得了荣誉。

站在舞台上,和战士们一起载歌载舞,表达心中最真挚的情怀,刘淑清觉得很骄傲很自豪。她说:"我始终铭记着'忠诚于党、热爱人民、报效国家、献身使命、崇尚荣誉'的当代革命军人核心价值观。作为一名军旅歌唱家,就是要为党、为人民军队歌唱,歌声是对党、对这些可爱的战士们表示祝福的最好方式。""百灵鸟"无论飞过蓝天,还是飞过海洋,永远为祖国歌唱!

"兵作家"的华丽转身

◇林朝晖

前　言

一个洒满阳光的日子，一位初入军营的小伙子小心翼翼地推开了我办公室的门。

"我叫刘耀文，来自江西井冈山，平日热爱文学创作。"刘耀文略显腼腆，自我介绍完，便微笑着将一沓厚厚的稿纸递给我，请我斧正。

晚上，我打开台灯，细读刘耀文的这些作品：美好的乡村生活、纯真的童年故事、真挚浓烈的亲情，他笔下真实细腻的情感流露，引起了我内心深处乡情亲情的强烈共鸣，我暗暗感叹：部队的训练任务和工作压力如此之重，他居然还能写出这么多的作品，真是不简单。

因为文学，我俩成为好友，周末的时候，我们经常喝点小酒，谈论诗和远方，刘耀文在我的鼓励下，像一头牛，一头扎进文学创作的一亩三分地里辛勤忘我地耕耘着。那段时间，他的文学作品如雨后春笋般在军队及省内外刊物上发表，出版了军旅题材文学作品集《兵歌》《敬礼，班长》；编写了《弘扬古田会议精神 永远做党和人民的忠诚卫士》学习读本、《四有干部谷文昌》一书；撰写了福建省全面推行河湖长制巡礼《悠悠闽水情之福州篇》报告文学；多次获得"武警文艺"奖和军队及福建省市文学奖项，成了部队小有名气的作家，战友们都亲昵地称他为"兵作家"。每当战士们喊他"兵作家"时，他总是仰起头，让自己的身躯最大限度地享受着阳光雨露，脸上绽放出青春灿烂的笑容。

显然，刘耀文对"兵作家"这个称呼非常受用，他喜欢用手里的笔歌颂军营火热的生活，抒发自己对军营的热爱，描绘美好的未来。

后来，我转业了，几年后，在部队干得非常出色的刘耀文军龄也近 20 年了……不出意外，他转业时可以安置到不错的岗位，但他主动放弃了政府安置工作的良机，毅然走上了漫长艰辛的自主创业之路。

这些年，我与刘耀文虽然常有联系，但谈论的主要话题是文学，这次鼓楼区要做"心中的军旗——献礼二十大"文艺专刊，我有幸受邀，打开受访者名单，刘耀文的名字赫然跃入眼帘。

清零，寻一柄新的犁铧

一个秋高气爽的日子，我来到永泰县梧桐湾春光村采访刘耀文，他虽然离开军营多年，身板子依旧笔挺，声音洪亮，目光犀利。

随着与刘耀文深入地交谈，一位优秀复转军人前行的脚印清晰地展现在我的面前。

刘耀文退役后，并没有回到江西老家，在福州生活这么多年后，他和家人早已融入其中。

在福州创业，就要找到合适自己的坐标，刘耀文经过权衡，觉得自己是一名农家子弟，对农业方面比较熟悉，于是，便决定从事与农业相关的创业项目。

说干就干！刘耀文秉承在部队养成的雷厉风行的作风，着手创建了生态农业开发公司，致力发展智慧型生态农业，打造"智慧农业＋智慧生活"综合服务平台。

万事开头难，为了项目能够顺利实施，刘耀文虚心地向同行求教，向在地方摸爬滚打多年的战友们取经。逐渐地，他完成了角色转换、观念转换、知识能力转换，成为"兵鲜配"的行家里手。在他的强力推动下，"兵鲜配·智慧生态农业"配送商城在福州站稳了脚跟，还获得了福州市首届退役军人创业创新大赛"优秀项目"和福建省首届退役军人创业创新大赛优秀成果奖，成功帮助了一批退役复转军人实现创业梦想。

刘耀文虽然离开了部队，心里却始终装着昔日的战友，为了帮助更多退役军人创业，他成立了退役军人创业就业孵化基地，提供低投入、零风险、高回报的智慧生态农业创业方案。2020年新冠疫情暴发期间，刘耀文带领的团队第一时间推出生鲜商城"无接触配送"服务，并启动困难家庭爱心捐赠慰问活动，每周为鼓楼辖区 60 多个特困家庭捐赠一批大米和蔬菜，累计捐赠 16 批 985 人次，金额高达 50 万元。

承接，人生的又一次摆渡

刘耀文说："当初参军入伍，是国防建设的需要；脱下军装，也是改革强军的需求；如今走上社会、创办企业，也想尽自己一点一滴的能量，做更多有利于社会的事。"

言之凿凿，发自肺腑。

不管身在军营，还是身处社会，刘耀文内心深处的那份家国情怀一直未曾改变。事业蒸蒸日上的刘耀文，看到乡村振兴的锦绣画卷徐徐铺开，便敏锐地意识到这将是他的第二战场。

刘耀文把目光投向了永泰县梧桐湾的春光村。

2019 年底，初入春光村的刘耀文就被眼前原生态景色吸引了：这里不仅有"清江一曲抱村流"的美景，还有"斜日李花飞"的意趣。绿榕垂堤、江水潺潺，水中鱼儿嬉戏，村舍农田相映成趣，恬静而美好。

这份美好勾起了刘耀文心中对农村的眷恋，他开始思索将自身优势融入春光村。他要在这里建造一个有诗也有远方的"理想之地"。

这次承接，是刘耀文人生的又一次摆渡，他利用自己在部队所学的本领，带着初次创业成功的干劲儿，和团队一起深入乡村走访调研，迅速摸清了以春光村为核心的各村地貌环境、资源优势，详细了解镇村公共基础设施、乡村产业发展情况，时时奔波于村庄及亟待开发的旅游景点，挖掘梧桐湾的历史文化、宣传梧桐湾的人文特色、弘扬梧桐湾的传统文化、保护梧桐湾的农耕文化，为乡村振兴注入新活力。

春光村因为刘耀文团队的入驻，变得魅力四射，刘耀文也因为春光村，找到了人生新的坐标和追求。

如今的春光村，绿荫环绕、鱼鸟欢歌，房前屋后、鸡犬相闻。刘耀文和他的团队所打造的春光里民宿、梧桐湾露营地，面朝大樟溪、临水而居，傍着百年古榕，被百亩茉莉花田环抱。

三年前的春光村，虽然自然风光优美，却是杂草丛生、人烟稀少，村内大部分青壮年都在外务工，唯有零星老人留守老宅。阿甘是村里的五保户，没有工作、无人照料，平日生活困难，最终春光里民宿接纳了阿甘，为他安排了工作。

"阿甘，以后客人请你喝酒，你要控制个度啊。"

"阿甘，你朴实善良，为人诚恳，很多游客很是喜欢。"

刘耀文一句句嘘寒问暖的话，触动了阿甘内心，他开始努力提高自己的素质与涵养，虽然文化水平低，但为人憨厚老实，经过一番磨砺，成为"美丽乡村的网红"，深受旅客的喜爱。

2020年8月26日，春光村入选第二批全国乡村旅游重点村名单；同年9月9日，被农业农村部办公厅评为"2020年中国美丽休闲乡村"。

春光村从此翻开了崭新一页，形成比较成熟的旅游观光长廊：以榕水谣为始，沿着大樟溪上游1500米沿岸徐行，可以体验金野农场农事、欣赏美丽的百年古榕风景线、尝试茉莉花采摘、在共享休闲茶室叙旧品茗、享受大众共享泡脚池的惬意，或可入住春光里民宿，到春光村钓鱼平台垂钓，抑或到梧桐湾露营地休憩、乘大樟溪游船水上赏榕水谣……

俗话说：坐而论道易，起而行之难。美丽乡村建设工作是纷繁复杂的。刘耀文的梦想在春光村生根发芽的时候，并没有忘记党的"乡村振兴战略"，他充分发挥党建引领示范作用，致力推动农民增收致富、农村文旅振兴。

耕耘，不泯的情结

刘耀文能在乡村振兴的金光大道上开拓创新，不断丰富人生阅历，完成华丽的转身，这与他"兵作家"的身份有着密不可分的关系，在"春光里"，他想方设法寻找文学与乡村振兴最好的结合点。

2022 年 5 月 11 日，"福州文学院驻永泰县梧桐镇春光村乡村振兴基层文艺志愿服务站"在"春光里"揭牌成立，省、市、县文联领导和作家老师开展"乡村振兴与文学书写"主题讲座，这次讲座给"春光里"增添了文学的色彩，以后，福州文学院和永泰文联会有更多的文学讲座在"春光里"举办。

刘耀文在乡村振兴这条路上步子迈得坚实有力，他像热爱庄稼一样热爱脚下这片深情的土地。作为一名军人，他时常回望，将近 20 年的军营生活，点点滴滴地串联在一起，军营的军号声时常在梦中响起。军营与乡村就像两块陆地，在阵阵翻滚的波浪面前，非常完美地衔接在一块。

其实，刘耀文心中深处还藏着一个梦想，希望能再写出《有雪飘过南方天空》这样的精品力作。这种冲动时常在他心头发芽，却因为工作忙碌，一直没有开花结果。

刘耀文在蓄积力量，等待一个春暖花开的季节，再一次突破。

岁月无悔铸忠诚

◇ 蓝　光

他，在军营绿色的熔炉中锤炼品质；

他，在人生转型的岁月中铸就风采；

他，在使命担当的守持中展示本色。

我记得那一天，蓝天白云，天朗气清，一个大个子跨步走进我的办公室。

他，约一米八的个头，脸略黑，背直，昂首挺胸，动作麻利，一身迷彩服，三两步便站在了我的面前。一个军人的形象立即升腾在我的脑海里。在我眼中，他便是能带兵冲锋陷阵的硬汉。

这是我第一次见他时的情景。我听说东街街道有一位军队转业干部，为人平和，工作有魄力，作风正派，能扛事、会处事，我便请我认识的一位退役军人引见。我们面对面坐下时，话匣子便一下子打开了。他得知我一家子好几个人当过兵，顿时便亲近了许多。

他，就是鼓楼区东街街道党工委委员、退役军人服务站站长朱立忠。

立志当兵，锤炼优良品质

说起当兵的事，他侃侃而谈，声音铿锵有力。

年轻的时候，他是个"楞头青"，不谙世事，就羡慕军人那种气质、威武和硬气，下决心要去当兵，立志保家卫国。高中毕业后，他便毅然选择了参军入伍。

他说："一个人的精气神很重要。精气神是强筋壮骨的支柱，是奋发有为的动力，是生命塑造的根本。"部队是革命的熔炉，给了他培养磨炼精气神的机会。部队这个大熔炉，把一个懵懂的青年磨炼得成熟稳重、做事果断的人。

看着他坚定的目光，感受到他身上总有一股使不完的劲儿。一个人如果有了精神支柱，面对艰苦环境，才能"逢山开路，遇水搭桥"，才能不畏艰难险阻越是艰险越向前，才能打牢自己艰苦奋斗、无私奉献的思想根基。

在部队服役期间，他是这么要求自己的，也是这么践行的。每天强化训练，提升军事素养，从严抓日常养成，点点滴滴重规范，个人意志得到了磨炼，最后做到了项项工作有标准，言行举止有规范，方方面面有章法。他提干后更是以身作则，率先垂范，冲锋在前，为战士做出榜样。

他告诉我，他的愿望是当一名好士兵，能冲锋陷阵，有钢铁般的意志，有坚强的毅力，有清醒的头脑，能够保家卫国。

在部队的 20 多个春秋，他以顽强的意志磨炼自己、完善自己、塑造自己，从普通一兵到带兵的一员"虎将"，成为思想政治过硬、专业素质过硬、战斗作风过硬的"三过硬"军人，曾三次立功，受到军队嘉奖。

退役不褪色，铸就人生风采

作为东街街道退役军人服务站站长，他深感任务艰巨、使命光荣。

鼓楼区系省会城市福州的核心区，是福建省政治、经济、文化的中心，也是省市党政军机关所在地。鼓楼正全力打造现代化国际城市"最美窗口"，建设首善之区、幸福之城。鼓楼工作走前头、作表率、树形象，退役军人服务工作也不例外。

他深知这份工作的分量。初接手这份工作时，他便开始收集数据、研究分析队伍组成结构，全面了解街道所属退役军人的总体情况，重点人员生活、工作状况。他深知退役军人服务工作无小事，一头连着部队，一头连着地方，既是强军之策，也是安民之举。

东街街道成立退役军人服务站后，他先谋后动，着手谋划如何结合实际打开工作局面，确定了"三步走、九字诀"：第一步是先摸底，做到"底数清"；第二步是广宣传，做到"求共识"；三是抓重点，做到"重实效"。走家入户，走访单位、社区，了解情况，宣传政策，关心慰问，以情感人，知冷知热，做到以真诚换真心，以服务铸真情。

转业后这 10 多年，他的工作虽然忙碌，但内心十分充实。为退役军人服务、为群众排忧解难，他感到开心快乐。在基层，有许许多多像他这样的退役军人坚守在自己的工作岗位上，默默付出、兢兢业业，正是有了他们，中国踔厉前行的步伐才更加踏实、更有力量。

"我是一名共产党员，我是退役军人，疫情防控一线就是我们的战场！"他铿锵有力的话语回响在防控最前沿。

他坚守军人铁的纪律，在抗疫分工负责的一线指挥，落实检查防控措施，与街道和社区工作者、医务人员一起用行动践行一名共产党员的初心使命，践行一位退役军人的本色。他还组建了 8 支老兵志愿先锋队下沉小区、商务楼宇等，开展点位值守、体温检测、消毒消杀等工作，为辖区抗疫一线添上一抹橄榄绿。

他一心扑在工作上、为民服务、勤勉敬业的言行深深影响了他正在上大学的儿子，在他的带领下，他儿子利用放假时间，和他一起参加社区疫情防控工作。疫情防控父子齐上阵的事迹被中国文明网、福州文明网刊登报道。

守持使命担当，当好"服务员"

他说，街道退役军人服务站，就是退役军人的家，也是他的家。建好家是关键，街居联动，完善机制，落实场所，健全制度，首先要从服务入手，从解决退役军人的诉求入手，当好"服务员"。

他牢牢把握"服务"这个永恒主题，以"服务老兵"为己任，以"老兵满意"为导向，通过开展"四巡四访四问""三服务"等活动，了解情况，解惑释疑，温暖人心。据不完全统计，近年来，他成功化解公租房申请、法律援助等 5 大类共 23 件各类诉求，赢得了退役军人的广泛称赞。此外，他还联合鼓楼区志愿服务中心建立老兵志愿者服务队，在创业就业、帮扶解困上为退役军人及军烈属提供多元化志愿服务，为政府分忧，传播向上向善的社会正能量。

街道和社区工作人员都知道，他的心中有本账，记着退役军人家中的操心事、烦心事。

2019 年 6 月，辖区内一位陈姓退休干部，系对越自卫反击战老兵，曾立二等战功。得知其要求落实政策规定的诉求后，他第一时间到该退休干部的单位了解情况，并与该单位领导及所在社区书记多次到其家中谈心交心，解开了该同志的"思想疙瘩"。

作为站长，他搭建了包括就业创业在内的具有东街特色的"八大平台"，打通了服务老兵的"最后一米"。截至目前，依托就业创业扶持平台，细化梳理各类企业就业需求和退役军人特长，点对点开展 23 场就业推荐会，成功引导 80 多名退役军人就业创业。

辖区内一名魏姓老兵，家庭因病致贫，生活困难。他走访了解情况后便一直牵挂于心，在多次与老兵沟通交流后，为其出谋献策，鼓励老兵发挥在部队时从事炊事专业的优势，筹开小餐饮店维持生活，并多次与街道经济办、民政科协调，在符合条件的前提下给予租金减免和租期照顾，让这名老兵既有了经济来源又方便照顾好家庭。

他始终不忘退役军人先进事迹的宣传，推出了东北军区第一后方医院原老军医吕云娥为代表的 6 名退役军人典型事迹，讲好鼓楼优秀退役军人故事，并依托街居退役军人服务站，开设"老兵课堂"，广泛宣传"最美退役军人"和"模范退役军人"。还结合"八一"建军节等重要节点，累计开展了 26 场进社区、进小区、进学校的宣讲活动，发挥典型示范引领作用。

他的努力有了回报，退役军人服务工作得到了上级充分肯定。2020 年 8 月，东街街道退役军人服务站及所辖军门社区服务站作为调研点，得到了国家退役军人事务部朱天舒副部长的充分肯定，其工作经验做法被国家退役军人服务中心收入"省及地级市退役军人服务中心业务骨干培训交流材料汇编"。2021 年 1 月，获评全国示范型退役军人服务站、福建省退役军人服务保障体系建设"五有"先进单位等荣誉。2020 年 12 月，被国家退役军人事务部办公厅评为"全国退役军服务中心（站）百名优秀站长"。

擦亮坊巷卫士的丰碑

——记全国"最美退役军人"张天水同志

◇田德强

2022年10月1日凌晨五点，福州市五一广场，三四万名群众翘首以待，期盼着国旗升起的庄严一刻。在嘹亮的军乐声中，一支队伍迈着整齐的步伐走向广场中央。威严的号令，铿锵的步伐，整齐的动作，在国歌声中，五星红旗冉冉升起。人们在为这激动人心的时刻欢呼，同时也为这支升旗队伍喝彩。他们与北京天安门广场的国旗卫士不同，他们是一支身着火焰蓝的应急消防队伍。

1991年的元旦，同样是五一广场，时任福州市委书记的习近平同志向福州市消防支队国旗班授旗并参加了升旗仪式。一晃30多年，国旗班扩成了国旗护卫队，橄榄绿换成了火焰蓝，这支队伍初心未改。

在福州AAAAA级景区三坊七巷古建筑群西侧的安泰河畔有一座三层青砖小楼，古色古香，散发着浓浓的民国气息。楼前有三尊古铜色的军人升旗的雕塑，高大挺拔，目光坚毅。这里就是三坊七巷国旗护卫队，三坊七巷消防救援站。张天水同志是这里的副站长，也是这里的名人。

在"许三多"的感召下成为一名消防战士

2011年，18岁的张天水怀揣着大学录取通知书走出三明将乐山区，来到了厦门华侨大学攻读土木专业。初入校门的他对这里的一切都感到新奇，环境优美，生活舒适，俊男靓女成群，学习压力不大。一年后，不甘安逸的他就感到了空虚和无聊，思考着未来的出路和梦想，难道要在建筑工地上和砖头石块打一辈子交道吗？这不是他想要的生活。那未来的出路又在哪儿呢？他第一次陷入迷茫。

当时，正热播电视剧《士兵突击》，许三多这个人物走进了他的心中。出身农村，封闭自卑，不善交流，想通过军营实现梦想，这不正是自己的影子吗？从那天起，他经常一个人躲进宿舍，盯着电脑屏幕发呆，看到动情处潸然泪下。他清楚地记得，上小学的时候，碰到当特种兵的表哥回家探亲，他帅气的军服、走路生风的步伐、野外生存训练的故事，都深深吸引着他。那时在他幼小的心灵中就已种下了一颗入伍当兵的种子，现在这颗种子发芽了。大二的那年秋天，张天水如愿地穿上了橄榄绿军装，走进福州市消防支队新兵连开启了他的军旅生涯。

军校落榜，教导员的话唤醒消沉人生

新兵连结束后，天水被分配到了福州支队一大队三坊七巷消防中队国旗护卫队，这里要比其他中队训练更苦、标准更高、任务更重。经过刻苦训练，加上一米八多的个头和帅气长相，不久后他就正式成了一名国旗护卫队队员，平时除了升旗任务，还要担负繁重的灭火救援任务，但对于一个山里长大的孩子来说，这点苦算不了什么。

也许是和"许三多"的个性相近，入伍不久，吃苦耐劳的他就成了中队的尖子队员、参赛选手、拿奖专业户，因为有着钢铁一般的性格和意志，名字张天水被战友戏称"张铁水"，成了领导和战友们心中的"香饽饽"。

第二年，天水参加军校的考试竟然落榜了，别人眼中堂堂的大学科班生、训练尖子、未来的好苗子，竟会考不上？天水不时听到这几句酸溜溜的话。他备受打击，思想出现了滑坡，训练提不起精神，出勤心不在焉，中队领导多次找他谈话都无济于事，他铁了心要退役回去。大队教导员鄢桂发得知此事，第一时间赶到中队找天水谈心。鄢教导员说："为什么会失败？要从自己身上找原因。人要经得起挫折，遇到就要战胜它，你还年轻，人生中还有很多个这样的坎，这个坎都迈不过去，下一个呢？"领导的话也说到了他的心坎上：的确要从自己身上找原因，是入伍这一年多时间走得太顺了，心里产生了骄傲情绪，放松了对自己的要求，学习上没有尽心尽力。

大队领导很关心他，也为了留下这颗好苗子，大队党委决定让他去罗源参加预提骨干培训，希望他换个环境，解开心中疙瘩，放下思想包袱，再重新振作起来。这一招果然奏效，培训期间天水一边刻苦训练，一边又开启了"许三多"式的思考模式，最后以优异成绩从骨干集训队结业，成功留队并被选为士官。

橄榄绿变成了火焰蓝

2015 年，张天水顺利考上了昆明消防指挥学院，三年的军事院校生涯相对来说比较平静。2018 年，张天水毕业后被分配到了消防三明支队特勤大队，当上了排长，被授予少尉警衔。这是一个全训单位，每天除了出勤就是训练，张天水非但没有觉得累，反而干劲十足，此时的他对未来充满希望。但理想很丰满，现实很骨感，这年 8 月份，全国消防队伍改革转制，刚刚才佩戴几个月的少尉警衔被迫摘了下来，换上了"光秃秃"的迷彩服，啥标志也没有，能够证明身份的只有一张类似校徽的卡片。改制后是军是民，没有明确的说法，事业的发展方向在哪儿，一头雾水。战友们心情沉到了谷底，甚至有的人提出了转业和退役。天水同样也面临着人生的选择，不知该何去何从。

11 月 9 日，习近平总书记在北京向国家综合性消防救援队授旗并致训词，总书记掷地有声的训词让天水热血沸腾。张天水想起在福州五一广场升旗时的场景，手中的那面五星红旗不就是习近平总书记亲自授予并一代代传承下来的吗？今天，这支火焰蓝的消防救援队伍又接过了习近平总书记亲自授予的旗帜，这是党中央的关心厚爱，也是对这片火焰蓝的殷殷重托。在中队学习室宣读完入队誓词后，他备受鼓舞，决心继续当好一名护旗手，守护好这面旗帜。

那天晚上，天水做了一个梦，梦见自己又回到了三坊七巷国旗护卫队，又在五一广场上向五星红旗敬了一个标准的军礼。

人生就是一场竞赛，不论结果如何，都是学习和磨炼自己的机会，吃苦受累算不了什么。

谈到那次出国比赛，天水说是他自己厚着脸皮争来的。当时，他正在福州马堡消防训练基地组织三明支队新队员集训，看到陆陆续续来了好多人，满怀好奇地一打听才知道是省总队组织世界消防锦标赛队员选拔。我为什么就不能参加？那股不服输的劲头又上来了，他偷偷地观看了选拔队员的考核动作后，心中有了底气。他找到考官要求参加选拔赛，当考官了解到他是三明支队带新训的干部后当面就拒绝了他。他又向三明支队的领导反映了自己的想法，不知他底细的领导让他别多想了，把新训队带好就行。同事也纷纷劝他，当兵干的是事业，退役干的是职业，只要有工资拿就可以了，图个轻松多好。

但那不是天水的性格，那股"许三多"的拧劲又上来了，他找到考官要求给他试一次的机会，最后考官答应了，其实就是想让天水知难而退，死了这条心。但随着一声令下，考官看到天水那自信的表情、教科书式的动作、脱兔般的速度时顿时眼前一亮，当秒表按下的那一刻，考官也默默记下了张天水的名字。

2019 年 4 月，张天水同志从全省 4000 多名消防指战员中脱颖而出，入选第十五届世界消防救援锦标赛国家集训队。经过 4 个多月的艰苦训练层层选拔，终于在全国 17 万消防救援队伍中崭露头角。8 月份他与 12 名队友组成"国家队"共赴俄罗斯比赛角逐，在国际赛场上展现了中国消防指战员的形象和风采。

回到三坊七巷中队，他抚摸着一面泛黄的五星红旗，那是 31 年前由原中队在五一广场第一次升起的那面旗，他的心中泛起涟漪，想了很多很多……

2019 年 11 月，因工作需要，张天水同志又调回了离开四年的老单位——三坊七巷国旗护卫队消防救援站。他刚从车上下来，未来得及放下行李，便来到大门口的雕塑前驻足凝视，他们是一任任升旗队员的影子，一种亲切感、使命感和自豪感油然而生。回到中队一切都是老本行，天水同志很快投入了工作，每天例行组织升旗降旗，参加训练和灭火救援任务，他的日子忙碌而又充实。

这一年，天水和女友小苏组成了幸福的小家庭。小苏是一位美丽贤惠的闽东姑娘，两人是大学同学，在一次学校举办的聚会上认识，经过 4 年多的异地相思相恋，终于在福州相聚。如今他们已有了一个 1 岁多的女儿，一家三口虽聚少离多，却是幸福满满。家庭的重担都落在了妻子小苏身上，是小苏无怨无悔默默付出，才使得天水没有后顾之忧专心扑在工作上。

十年来，他获得了很多的荣誉，先后荣立个人二等功、三等功一次，荣获"福建青年五四奖章"，被应急部消防救援局评为"优秀共产党员"，获评 2020 年度全省和全国最美退役军人。参加灭火救援行动 1000 多次，营救及疏散遇难遇险群众 130 多人。他的事迹被中央和省级多家媒体宣传报道，得到了社会各界的广泛关注和赞扬，但他清醒地认识到成绩属于过去，每天都得从零开始。

2022 年 10 月 2 日凌晨，天水同志与战友们一起换好服装、佩戴好装具去五一广场升旗。两辆满载升旗队员的汽车开出中队大门，向五一广场缓缓驶去。街上行人车辆稀少，大多数人还在睡梦中。天水同志笔挺地坐在敞篷汽车上，微风拂过脸颊，一个个念头随路边的树木从他脑海中划过。他深爱自己的这份职业，守护好国旗、守护好古厝、守护好群众，是党和人民赋予的神圣使命，也是自己的责任担当。他会牢记嘱托，听从召唤，把自己的青春奉献给这片火焰蓝，用辛勤的汗水擦亮坊巷卫士这尊不朽的丰碑。

战场英模的光耀人生

◇杨国栋

一

那是一个红海沸腾而又激情燃烧的岁月。20 世纪 60 年代中期，美国出兵越南，毛泽东主席应越南胡志明主席的请求，派出人民军队开辟了援越抗美的新战场。

1964 年，林祥钦从师范学院毕业，放弃了到中学当老师的安稳生活，毅然响应祖国的号召，投笔从戎，应征入伍到了中国人民解放军 6711 部队。他因为有文化而受到重用，当上了办公室秘书；1967 年被选派参加援越抗美期间，在六一大队二中队负责《火线生活》战报编印工作。

1967 年 8 月 12 日，去战斗一连阵地的林祥钦，采访到所在部队紧紧咬住美国飞机不放的故事：炮兵们一边高喊"下定决心，不怕牺牲，排除万难，去争取胜利"的洪亮口号，一边将炮手们传递过来的一枚枚炮弹，快速而稳健地压进装填机，瞄准敌人的飞机稳准狠地打去，让敌机冒着浓烟栽向山头……

　　林祥钦先生回忆说，这次战斗中他有两位战友为国捐躯，江西籍人邓水生、福建浦城人卓瑞泉，长眠在了越南的友谊山上。林祥钦为他们两人书写了墓志铭，墓碑立于异国疆土。

　　林祥钦于 1969 年退役，后被分配到福建生产建设兵团 23 团，担任文书和党支委。

二

　　作为一名从军旗下一路走来的老兵，在援越抗美战场上经受了血与火的锻造洗礼，灵魂深处那道深深的红色印记伴随了他的一生。在部队，他是学习毛主席著作的积极分子，先后数年被评为"五好战士"，荣立三等战功和嘉奖。转入地方工作后，林祥钦也持续不断地获得表彰和荣誉，比如在部队转兵团期间荣获社会主义建设积极分子称号"文明民兵"，先后当过民兵连连长、三明市高炮营营长等职务，也曾当选为福建生产建设兵团首届党代会代表。

　　1992 年至 1995 年，已经年过半百的林祥钦，因为义务承担了许多三明市的退休人员管理工作，先后被评为三明市退管工作先进工作者、老体协先进个人，同时获得 1991 至 1995 年福建省退管服务先进工作者、福建省模范退休职工之家、福建省全民健身基层活动年积极分子；2014 年成为鼓楼区所属街道"善行义举"人选；2015 年被水部街道评为"最美小组长"；2019 年当选为社区退休职工党支部书记。

他退出现役后所做的工作看上去平凡普通，可是，参与的工作层面，业务范围却是十分的广泛。林祥钦在做这些琐碎、细小的工作时，有一种与生俱来的快乐感、满足感。78 岁高龄的老人家，脸上始终挂着微笑，看上去好像只有 60 多岁的样子，走起路来步子稳健。这是他行善积德数十年，光荣在党 55 年，"好人得好报"的人生格言的印证。

三

晚霞在蔚蓝色天空中游走，"夕阳无限好"的诗句从林祥钦口中道出，有着独特的韵味与蕴涵。"读书求武装，万事心中装；予人玫瑰者，人生前路宽。"这就是林祥钦的人生信条。他孜孜以求的事业除了"送人玫瑰手留余香"外，还有作为文化人的角色定位。

《用史实去打开职工心灵之窗》一文，是早年林祥钦在三明市工作期间，在三元区精神文明建设研讨会上书写的一篇论文，随后在研讨会上被评为优秀论文，收录进主办方编印的论文集。

从此，林祥钦开始关注福建省内不断出现的征文活动，释放他对于文学、写作的追求。为纪念建党 90 周年，福建省举办了"紫金矿业杯我的红色记忆"大型征文活动，他积极参与，讲述了在援越抗美战场上亲身经历的文章《红河烽烟》，获得了三等奖，并被收录到《我的红色记忆》一书之中。

2013 年，为了纪念毛泽东 120 周年诞辰、抗美援朝战争胜利

60 周年，年近 70 古来稀的林祥钦，撰写了《椰林怒火》一文，被主办方北京《祖国杂志社》列入《军旅英雄志》一书，作为重点宣传对象。

2017 年，已经 73 岁高龄的林祥钦，积极参加了福州市老体协科研论文征文活动，他书写的《浅谈徒步运动与心灵健美》一文，被评为二等奖。

退休后的 10 多年里，他先后撰写了 10 多万字的各种题材文章，发表在《福建老年报》、福建《就业与保障》杂志，以及《福建安装》报、《水部夕阳红》报等报刊上，让知识与智慧的花朵绽放在美好的社会生活中。

林祥钦有着较为深厚的书法造诣。退休之后的 10 多年间，林祥钦每一年春节前夕，都会主动参加社区、街道、鼓楼区、福州市组织举办的义务书写春联的大型活动。

林祥钦个人做过一个统计，他退休前担任过文书、政工、武装、保卫、民兵、工会、计生、宣传、退管、精神文明建设等十余项工作，还担任过离退休办主任，文明办副主任、顾问等职务。在多岗位的锻炼中，林祥钦善于做思想教育工作。不论是在职还是退休，"有事找林祥钦老师评理""有事找林祥钦大师问计""有事找林祥钦大爷帮忙"，就成了人们在脑海里浮出的第一画面。

衷心祝福林祥钦老先生永远行走在灿烂光耀的风景里……

初识"村长"

◇戎章榕

识名

"村长"者，李光伦是也。

接受采写李光伦的任务后，我们先是通电话，再互加微信，看他发来他的微信名——"正部级村长"，多有个性的命名，引起我的好奇。可是，当我们见面时，他却避而不谈"正部级"，只是轻描淡写地说，当初退役时回到家乡，家乡想让他当村长，他却选择了来福州创业。

李光伦的家乡在重庆市南川区石莲乡，是个多山的农村。18岁的他远赴辽宁省辽阳市当兵，两年后退役。在参军期间，他荣立三等功一次，连续两年获得"优秀士兵"荣誉称号。他说，他是有机会提干的，但还是选择了退役。为什么？他笑而不答，我也不好深究。

既然不说，我只好猜想。我首先想到的是拿破仑的一句名言："不想当将军的士兵不是好士兵。"只有初中文化程度的李光伦当年可能未必了解拿破仑，但他有想法、有追求，年轻气盛，甚至可能有点野心，不过李光伦对家乡的深情是毋庸置疑的。尽管他三番五次婉拒出任村长，甚至是第一书记的职务，但他心心念念的依然是生于斯长于斯的故土。

何以见得？在白龙社区提供的李光伦简要事迹中，有一项公益捐款，从他最早的一笔捐赠到所捐最大的一笔善款，对象均为家乡石莲乡：2013年捐款8千元为家乡修路，2022年捐出1万元安装路灯……多年在外打拼，使他懂得了"要致富，先修路"的道理，路通了，他又为父老乡亲点上一盏盏照亮前行的灯。他为建设家乡出钱出力，更是用情用心回馈家乡！

中国传统文化讲的是"穷则独善其身，达则兼济天下"，是的，李光伦的捐助不算多，但已经是尽其所能了。这使我想起大慈善家曹德旺说过的一句话："做慈善不是富人的专利。做慈善要量力而行，我捐几十个亿，和你们拿工资的人捐几千块是一样的，因为你已经尽力了。即便没有钱，你还可能给人以笑容，展示你的同情心，对地位比你低的人客气点。"

识人

"视其所以，观其所由，察其所安，人焉廋哉？人焉廋哉！"这是《论语》中的一句话，旨在说明识人的核心。

当我坐在李光伦办公室的茶桌前，他已经相当娴熟地操作起福建人擅长的工夫茶程序。

近距离的访谈与观察，让我觉得李光伦可敬可亲。人不仅长得帅气，而且还从骨子里散发出一股正气，那天的他穿着时尚的窄领红 T 恤，更加英气勃发。毫无疑问，这是军旅生涯带给他的、已融入血脉中的英气。正所谓一朝入军营，一生军人魂。

人生很短，岁月很长。岁月不是童话，经历才是人生。当兵只有两年，影响却是一生。

当我问到当兵两年教会你什么？他不假思索回答，责任与担当。

为什么远赴千山万水选择到福州创业？因有一位亲戚在福州工作。

为什么做物业管理工作？因为文化程度不高，只能从保安做起。

投奔亲戚，却没有依赖亲戚；文化所限，选择门槛较低的保安做起。

他的回答让我再度联想起拿破仑那句名言，原话是："不想当将军的士兵不是好士兵。"拿破仑是在鼓励士兵要有抱负，有理想，同时也要立足于干好自己的本职工作，不能空怀抱负，而应该脚踏实地做事。

拿破仑的原话由来真假姑且不论，但我对李光伦的创业经历却颇为赞赏。

保安、保安队长、保安部经理、项目经理、老总，一步一个脚印，扎扎实实，李光伦的工作态度让人信赖，他的从业经历同样让人感到实在。

物业管理每天要面对形形色色的人。都说与人打交道最复杂、最困难的，会遇见各种利益的诉求、各种的纠纷、各种的矛盾，物业必须事无巨细。业主找上门来，平静投诉还好说，遇到不冷静的、蛮横不讲理的主儿，就不是一张椅子、一杯热茶可以解决的。李光伦总是凭借着充满正气的脸和当过兵的勇气，兵来将挡，水来土掩。

物业管理不只面对鸡零狗碎、胡搅蛮缠，还要面临着应急救援，甚至是生命考验。

2015 年 8 月 8 日台风"苏迪罗"来袭，其风力、雨量、时长和范围均为福州市"史上罕见"，给福州市政设施造成重创。李光伦管辖的温泉片区进水严重，他不是坐镇指挥，而是亲临一线，蹚着浑水过去，扛着沙包堵水，此时此地，他想的是怎样保住福建广电网络集团的变电柜不被水淹，而我看到的是军人的形象，不同的职业，一样的坚守；不同的岗位，一样的冲锋。

识企业

位于梅峰支路上的左海名仕花好月圆物业管理有限公司设在左海名仕楼盘的架空层内，并不显山露水，甚至显得有点压抑困蹙。

走进办公场地，却发现别有洞天，一行"打造红色物业，建设红色阵地"的党旗标识鲜艳夺目，墙上除了挂有公司历年获得各种荣誉的奖牌外，还设有学习资料展柜、党务公开栏等。公司于 2019 年 10 月成立党支部，李光伦在部队时就入了党，是个老党员。他们以高标准建设"阵地"，致力于小区党建"高地"，打造有场所、有设施、有标志、有党旗、有制度的"六有"红色阵地。公司党员虽少，却组织业主中的党员就近学习、就近活动。在平安福州、文明城市创建中，需要群策群力共管共建，党员发挥着先锋模范作用。尤其是 2020 年突如其来的新冠疫情防控工作中，落实防控主体责任、测温验码登记、环境卫生消杀、接种疫苗宣传、组织核酸检测等，物业管理、党员、志愿者功不可没。

回顾公司 10 多年的发展历程，平凡中同样有值得记起的荣耀。鼓楼区房管局创新老旧小区改造，通过不同小区的服务资源共享，提高物业管理效率，改善老旧小区的居住环境。花好月圆物业管理有限公司凭借着一级资质和良好的口碑，成为福州市首个采取片区式市场化管理的入驻企业。

鼓楼区温泉街道的福寿巷，居民区规模不大，却分成了 11 个小区，光是省直机关宿舍就有五六家。由于物业管理不统一，差别很大，影响了生活环境。在鼓楼区温泉街道协调下，有 8 个小区由花好月圆物业管理有限公司接管，一举改变了过去脏乱差的状况。为此，得到了小区居民的夸奖，赢得了主管部门的好评。

老旧小区改造是实施城市更新重要的一环，怎样从"忧居"向"优居"蝶变？不只是加装电梯等硬件建设，还需要在服务品质上提升。李光伦谈及物业管理时说道："我们的工作是让业主的房子增值不贬值。"起初我不太理解，但福寿巷试点片区管理的成效让我明白：房子会随着年月老旧，服务质量却可以不断提升。改善居住环境，实际上就是为业主的房子保值增值。

物业管理工作是我国改革开放的产物，是社会性服务的一部分，从过去不收费到付费买服务，是社会的转型，更是观念的转变。科学技术的进步，为服务质量的提升提供了空间，比如高空摄像头、电子防盗网、人脸识别系统等，同时，对物业从业人员的素质也提出了更高的要求。

谈到公司未来的发展，李光伦希望承接更多片区式物业项目，这有利于形成规模化、集约化管理模式，提高资源的利用率，有效降低物业管理成本。由于这是政府主导的项目，还有财政的资助，也就是说，既可向业主收费，又加上政府的补贴。

最后在我再三追问下，李光伦还是说出了"正部级"的由来。"正"是代表"一生正气"，"部"是代表"部队"，级是"代表1998级"。虽然没有出任家乡的村长，他却成为城里物业管理的"村长"，不论是作为士兵，还是"村长"，他都牢记"我是一个兵"；不管身穿军装，还是走出军营，他都会以军人本色、一身正气续写人生新篇章。

二次追梦写荣光

◇黄河清

　　秋日的艳阳透过浓密的树叶，斑斑驳驳地洒在光禄坊静谧的青石路面上。轻轻推开百年老宅刘家大院东花厅两扇窄窄的木门，一声声厚重而又温柔的男中音扑面而来："为天下人谋永福，助天下人爱其所爱……"只见大厅正中一位中年男子正声情并茂地向一群中学生讲述着黄花岗烈士林觉民的《与妻书》。很难想象眼前这位眼含热泪、庄重儒雅、深情款款的男子是一个从军30年的退役军人。他叫林文健，是这个名人家风家训馆的馆长，他可是三坊七巷远近闻名的人物，近年来先后获得省区市有关部门授予的"红色宣讲员""最美志愿者""鼓楼好人""百姓学习之星"等荣誉称号，并在民政部社区社会组织改革发展经验交流会上介绍过先进经验，大家都亲切地称呼他为"闻馆长"。

一

　　林文健出生于一个普通的工人家庭，从小立志从军。1985

年，高中毕业的他在高考第一志愿上填报了解放军信息工程学院，由于成绩优异，他如愿被录取了。林文健穿上了绿军装，虽然有些肥大，也没有军衔，但依然平添了几分英武。他的心头乐开了花，抱着军装摸了又摸，嗅了又嗅，对着镜子美了半个小时。他终于实现了自己的梦想。

在部队服役期间，他被军区司令部评为优秀共产党员、技术能手，四次荣立三等功。2005 年，部队与三坊七巷社区开展共建活动，负责与地方联系的林文健第一次走进了三坊七巷。这里自古以来是高门大户云集之处，官宦士族、书香门第绵延不断，厚重的文化和传统价值观给了林文健极大震撼，他以满腔的热情投入到对三坊七巷的历史人文和近现代社会变革的研究之中，不久被社区选举为共学共建理事会会长。为提升理事会工作的社会性和独立性，2011 年他向鼓楼区民政局正式申请注册登记"三坊七巷社区学习促进会"，并担任会长。

学习促进会要如何引领社区居民开展活动？如何确保学习内容和方向？学习对象如何组织？学习场地从哪里来？师资在哪里？经费如何保证？一系列的问题困扰着林文健和这个新生组织。林文健紧紧依靠社区党总支和居委会，结合社区抓学习型基层党组织建设这个契机，开展了"百场主题学习"活动，倡导"我们都是社区一家人""学习让社区更美好""学知识、交朋友、献爱心""学习促进和谐、学习促进文明、学习促进发展"等学习理念。在大家的共同努力下，"百场主题学习"活动在辖区内产生了较好的影响，也为学习促进会开展社区活动寻找到了新的人力、财力和活动场所等资源，初步形成社区党总支领导、社区学习促进会承办、兴趣爱好学习圈组织实施的"1＋1＋N"模式。2013 年林文健被评为全国的"百姓学习之星"，2014 年"三坊七巷学习圈"在全民终身学习活动周中被评为全国"社区教育品牌"，"学习圈"也成为促进会开展社区学习的重要抓手。

林文健在促进会的工作上特别注重抓特色，以特色学习活动推进发展。2015 年"首届全国青运会"在福州举办，林文健敏锐地抓住了这个机会，联合促进会一帮人与社区党总支共同商讨，决定建立社区"环保学习圈"。在区执法局和环保局的支持和指导下，促进会拿出了《垃圾不落地》活动宣传方案，率先在三坊七巷开展了"垃圾不落地"的宣传教育活动，在社会上产生了极大的影响，不仅辖区内的组织和个人积极响应，辖区外的省、市、区党政部门和企事业单位也共同参与了活动。每次活动都引来各级各类媒体积极进行系列的宣传报道，促进会在社会上的影响力越来越大。

二

2015 年，林文健根据军队服役的相关政策要求，依依不舍地脱下穿了 30 年的军装。他面临着人生的一次重要转折。因为这几年的学习促进会工作已打下良好基础，而且林文健在不断学习的过程中对社区学习工作的重要性有了更深入的认识，在社区党总支部的极力挽留下，林文健毅然推掉了省市机关事业单位伸出的橄榄枝，选择自主择业，选择再一次圆自己的人生梦想，把学习促进会的事业做大做强。

2015 年春节团拜会上，习近平总书记提出关于家庭建设的三个"注重"："注重家庭、注重家教、注重家风"。2016 年中共中央办公厅、国务院办公厅出台《关于中华优秀传统文化传承和发展实施工程意见》。林文健认真学习、积极领会，他感到这又是一个极好的机遇。然而，开展家风宣传教育在全国范围还没有可参考和借鉴的模式。在社区党总支和有关单位的指导下，林文健决定发挥三坊七巷历史名人多的优势，组织"家风学习圈"。说干就干，有部队锤炼出的政治品格、优良作风、执行能力，没有什么克服不了的困难。他走遍福州区域内的各图书馆查阅名人相关资料，扎扎实实地将三坊七巷 100 多处的老建筑走透，采访了几十位名门之后。一位居住在美国已 90 多岁高龄的刘家后人闻讯后极为感动，将林则徐勉励大女婿刘齐衔的对联"闻木樨香无隐乎而，知菜根味何求于人"寄给了林文健，表示支持。

为了更全面、立体、详实地开展家风宣传工作，林文健在三坊七巷租了一处面积达 400 多平方米的老建筑，即"刘家大院"进行装修和布展，聘请了讲解员，花费近百万元，不仅花光了自己的全部转业费和住房补贴 50 万元，还欠下了数十万元的债。

展馆展出后，由于宣传家风教育处于起步阶段，展示的内容和教育方式太过单一，前来参观学习的人并不多，家风馆产生的社会影响没有预计的那么好，而且经济和社会等各方压力也很大。他感慨道，没想到开展家风宣传工作这么困难啊！但是，困难并没有压垮林文健，通过认真分析存在的问题和原因，与前来参观学习者交流，他意识到成功的关键还是要提升展示的内容品质。于是他邀请省、市的文史专家、教育专家对家风宣传项目进行指导，在布展的内容上找到了核心宣传主线，展馆品质实现了突破，宣传教育方式也更加丰富。他还亲自组织并参与编写《三坊七巷名人家风家训》一书，该书成为福建省社区教育乡土教材。

正当家风宣传社会影响力越来越大，工作也越来越忙的时候，林文健的母亲被查出肿瘤，身为孝子的他心急如焚，一边照顾老人饮食起居，寻医问药，一边仍然坚守家风宣传的工作岗位。母亲在福建省肿瘤医院接受手术的当天上午，林文健将母亲送入手术室后，就返回三坊七巷的家风馆，接待了八批次的参观者，直到下午 3 点才赶回医院。医生和护士见到林文健，都责备他未能陪在老人身边，不够尽责。2019 年，林文健母亲去世，直到现在，一谈起这件事，他的心中仍然充满了无尽的愧疚。

三

林文健欣慰地说，现在学习促进会每年在社区和学校开展大小活动 200 多场次，受益人群达 6 万人左右，学习内容丰富多彩，有政治、有经济、文化、教育、科技等内容，既有党和政府的大政方针，也涉及居民的日常生活。近年来，他们还陆续承接了省、区、市政府多项购买服务项目，通过实践取得了较好的效果，既锻炼了队伍，也有了经费上的保障。说着，林文健打开身边的电脑，给我展示了一份画满框框线线的材料，他告诉我，他们正在着手将学习内容划分为"爱心社区、平安社区、健康社区、文化社区、财富社区"五大主题板块，每个主题板块根据需要都可以分成几个"学习圈"，开展社区学习活动，形式灵活多样，公开课与针对课相结合。公开课就是社区居民都需要、参与人数多的学习；而针对课，就是针对个别人、个别家庭的问题展开的具有心理辅导性质的活动。

作为学习促进会重要载体的"三坊七巷名人家风家训馆"，连续5年举办的《家风讲堂》访谈节目，获评中国文明网地方精神文明建设优秀栏目；家风教育品牌《家风动车》进学校、进社区、进机关、进企业，以多样化的方式开展家风宣传，广受各方好评；《家风火炬手》项目为社会、学校培养了近千名家风志愿讲解员。在建党百年之际，林文健通过挖掘三坊七巷40位红色人物的家风资源，推出"坊巷百年，英雄丰碑——三坊七巷红色记忆展"，入选福建省党史学习教育参观学习点，至今已有10多万人参观展览，人民网、新华网、学习强国等10多家媒体先后进行了报道，视频点击量达百万人次。中宣部《思想政治研究》专文介绍了家风家训馆，全国各地观众纷纷前来参观学习。全国人大常委会副委员长、全国妇联主席沈跃跃等领导到家风家训馆视察调研，对家风家训馆的宣传工作给予充分肯定。各级宣传、教育、纪检、工青妇、文明办等30多个部门在家风家训馆挂牌设立教育基地。

组织社区学习，开展家风家训宣传是一项任重道远的公益性工作，多年来，林文健为圆这个梦已投入近 500 万元，甚至背着家人出售一套房子来弥补经费的不足。问他为什么这么坚持，林文健觉得，他有责任永远为红色守望，永远为深厚的人文精神守望！

走出东花厅的圆形青石拱门，蓦然回首，发现门边红底金字的"三坊七巷名人家风家训馆"牌匾在阳光的照射下熠熠生辉，站在牌匾旁目送我的林文健显得更加坚毅而又高大。是啊！最美退役军人，美在哪里？美在一生都"立正"，本色从未"稍息"。

李法勇：修车人也有诗和远方

◇黄锦萍

采访之前，我所知道的李法勇至少有三个身份：退役军人、福州市安徽商会会长、福州徽韵汽车服务有限公司总经理。他很忙，约了三次，才确定了采访时间。

我在一个初秋的午后，走进了福州徽韵汽车服务有限公司总经理办公室。我以为走错了地方，因为这里更像是文人墨客的书房：墙上挂着几幅名人字画，一张又大又长的书画桌上，整齐地摆放着文房四宝，一叠宣纸随时备着，一只硕大的紫檀笔筒彰显得古典高贵，书画卷轴、寿山石古玩、漆画屏风、一样也不少，文人气息扑面而来。

我们的采访从墙上的一幅书法作品开始。这是著名书法家朱以撒的字，写着"舍得"两个大字，很多人喜欢这两个字，通常诠释为"有舍必有得"，但李法勇认为不是，他觉得，无尽的舍，不一定要得，偶尔得到相应的回报，这才更值得高兴。果然与众不同。我仔细揣摩着"舍得"边上的几行小字："舍得，其意不是在舍与得之间的计较，而是超越一定的境界，对已得或将要得的东西进行决断时，所表现出的情怀和智慧"。这显然不是朱以撒的行文风格，一问才知道是李法勇要求这么写的，这是他的做人法则，当成座右铭了。

李法勇开始讲述他的人生经历。1984 年，他从安徽农村报名当兵，来到原南京军区司令部福州某部服役，从此就把有福之州当第二故乡，再也没有离开过福州。一到部队，他就暗暗发誓，当兵就要当最好的兵！晚上加量训练，熄灯后打着手电在被窝里学习，这都是他的家常便饭；1985 年新兵生活结束，他被分到福州军区汽车修理所，当了一名汽车修理工。他认定，即使当修理工也要当最好的修理工。由于在各方面表现突出，当年虽然还是一名新兵，就加入了中国共产党；1988 年，他响应中央军委《把军队优秀技术人才留下来支持部队建设》的号召，从军人转为军队职工，从此退出现役，成为汽车技术工；1998 年部队不再经营企业，所在企业全体人员及单位移交到地方国资委；2003年，他从国企下海，组建并承包了福州众大汽车服务有限公司，开始了他的创业之路。

到不了的地方叫远方，回不去的故乡叫家乡。李法勇很喜欢一首写《乡愁》的歌："多少年的追寻，多少次的叩问，乡愁是一碗水，乡愁是一杯酒，乡愁是一朵云，乡愁是一生情，年深外境犹吾境，日久他乡即故乡。"李法勇是一个有家乡情结的人，当年在招收员工时，他以"皖籍退役兵、家庭贫困者优先录用"为条件，将一群志同道合的人召集在一起打拼。经过几年奋斗，他发展成为拥有 40 多名汽车维修技术骨干、在福州地区有一定知名度的汽车维修企业的总经理，而他的创业史才翻开第一篇章。

2018 年，李法勇创立福州徽韵汽车服务有限公司，年轻气盛的他雄心勃勃，浑身有使不完的劲。虽然已退役多年，但李法勇的军人气质一直没有变。军人气质是什么？军人是铁，千锤百炼终成钢；军人是石，屹立不倒威如山。李法勇说，选择机遇，你就选择了风险；选择创业，你就选择了磨砺。时间在变，军人的本色不能变；岗位在变，军人的作风不能变。在生产经营中，李法勇将军人"团结拼搏，求精创新，百折不挠，勇攀高峰"的优良作风带到企业经营管理中，充分依靠企业职工实施科学管理和规范运作，使公司的效益节节攀升，企业逐年发展壮大。十几年来，尽管市场经济几度起伏，李法勇和他的公司一直是省直及市直车辆定点维修单位，这足够证明他的实力。

李法勇带我参观他的汽车维修世界。只见围成四合院式的厂房内，各个车间有序排列，宽敞的空地上已经摆满了各种等待维修的汽车，大到体型庞大的消防车、供电车，小到各种品牌的小轿车，甚至还有"110"公务车，你在街头曾经见过的各种汽车，这里都能找到踪影，不同的是，这里都是"生病了"等待治疗的汽车。李法勇给我做了一个生动的比喻：汽车修理厂就像是一家汽车医院，业务接待室相当于门诊部，来这里维修的汽车挂个号；各工种的师傅就好像各科室的医生；汽车发动机就像人的心脏；电路线束就像人的血管；车身就像人的身体外部；我们把钣金喷漆叫外科，也就是整形科；美容护理班组就是美容护理科……被李法勇这么一比喻，汽车知识贫乏的我一下子就听明白了。好形象的比喻！汽车"病人"可不少，一年到头，来这里就诊的从没有间断过。走到一个大车间，李法勇指着一块空地说："我们的员工每天早上来这里上班，都要跟部队一样列队点名喊口号。"我问喊什么口号？李法勇说是呼喊企业精神："要热情有精神，要速度保质量，要配合不脱节，要服务创业绩。"口号喊了20年，公司也成长了20年，兵哥哥开公司，果然兵味十足。优良的作风，严谨的纪律，精湛的技术，优质的服务，相传的口碑。

熟悉李法勇的人都知道，军人出身的他，不论在什么岗位，也不论分内分外，从不讲任何条件，从不计较个人得失，正确处理苦与乐、得与失、个人利益与集体利益、工作与家庭的关系，淡泊名利，宠辱不惊，恪守着"奉献不言苦、追求无止境"的人生格言。他常对身边的人说，一个人的人格是他自己的脊梁。"三分做事，七分做人"，李法勇把漫长的修车过程当作自己修炼人生的过程，车身凹凸不平，他用平常心将它抚平；轮胎扁了，他用正能量为它打气；方向盘偏了，他用坚定的信仰为它导航。因为他坚信，只要路走对了，总能抵达星辰大海、诗和远方。

李法勇的另一个身份是福州市安徽商会会长。在安徽商会办公室，整天找他解决问题、诉说家庭和单位困难的会员与老乡络绎不绝。李法勇说："我是商会会长，大家信任我才会找我，会员的事无关大小，设身处地为他们着想，力所能及地帮他们解决问题，这才是我们组建商会的初心。"商会刚成立，大家都没有经验，工作没头绪。李法勇带领商会有关人员到市工商联、兄弟商会学习取经，晚上回家修订商会章程，制定有关制度。经过一段时间的摸索，商会各项工作逐步迈入轨道。以前是他们向别的商会学习，现在是兄弟商会反过来向安徽商会学习，这全靠党建引领。

一个党员就是一面旗帜，一个支部就是一座堡垒。李法勇说："在部队时，我们'把支部建在连队上'，借鉴这个经验，现在我把支部建在商会上，发挥党员的先锋模范作用和党支部的战斗堡垒作用。"李法勇刚担任会长时就考虑成立商会党支部。他认为，坚持党的领导是商会发展的"根"与"魂"，以党建带会建，以会建促进党建，才能打造出新时代商会党建新标杆。商会实行党支部领导下的会长负责制，重大事项先由党支部会议集体讨论决策，再交给会长办公会议表决执行。李法勇说，"在商会，会员以入党为荣，出席活动佩戴党员徽章成为一种习惯。"商会党委现有党员23名，每年收到的入党申请书都在10份以上。商会党委在开展"抱团发展"中找到答案。组建法律顾问团，创建维权互助服务平台。目前已受理会员维权申请20多次，挽回经济损失百余万元。十多年来，商会为家庭困难会员捐款数十万元，资助贫困家庭孩子30多名，每年向在榕离退休皖籍老同志捐款两万元活动费。如今的福州市安徽商会真正成为会员心目中的"娘家人"，商会也获得了"福建省四好商会"的荣誉。

　　喝茶聊天的时间总是过得太快，不知不觉中已经华灯初上，而我们还意犹未尽。我和李法勇站在他"四合院"式的厂房里，这里的一切都与汽车有关，与速度和激情有关，与退役军人的使命感有关。围绕着厂房四周，枝繁叶茂的香樟树郁郁葱葱，充满着无限生机，预示着李法勇的事业与人生宛如香樟树一般繁盛兴荣。

红色钢枪的传承

◇管柏华

    21 世纪初，春暖花开的季节，我在福州八中遇到了校离休干部王家琨，她是北洋政府时期察哈尔都统王廷桢的外孙女。我俩在保福山上五指古樟树下的繁阴里聊天。时值八中筹备建校 150 周年的盛大庆典活动，她向我推荐自己的孙子陈庆作为校友会 99 级学生代表。她用略带天津方言的口音说："陈庆的爷爷陈鹏（原名唐言福）是我们党的地下党员，曾和方毅同志以兄弟相称，在厦门开展地下党工作，后来在蔡协民的领导下组建工农红军惠安游击支队，领导惠安暴动、组织惠北抗捐、辗转越南西贡、往返香港内地，一生颠沛流离、历尽千辛万苦却丹心向党、矢志不渝。中华人民共和国成立后，他因长期奔波、过度操劳，英年早逝。陈庆当年高考，本来是打算报考北京名校的，是我坚持让他报考军事院校。他被录取时还超出本科线 70 多分呢！这孩子，可机灵了，做事情总有一股刨根问底的劲儿……"谈起孙子，王家琨的眼里闪着光。

    多年后的夏末秋初，我在闽江畔绿树成荫的街头，见到了陈庆。此时的他，已从部队转业到福建省公安厅工作多年，现在是国际刑警组织中国中心局福建联络处副处长、省公安厅港澳台办副主任。作为省公安厅的优秀民警，他头顶着"二级英模"、首届"最美退役军人"提名奖、福建"十佳百优"优秀政法干警等许多荣誉光环，言行却朴实而低调，真诚而谦逊。我俩在闽江边一家小茶馆坐下来，开始了交谈。

我们的交谈从陈庆的奶奶王家琨开始。陈庆说，自己长大后才知道，原来奶奶的外公王廷桢竟是清末民初的将军，当年日本华北驻屯军司令香月清司曾三次劝说王廷桢掌管伪华北政权，天皇裕仁的叔叔也约见他，但王廷桢誓死不从，后竟被日本特务在老家天津下毒杀害！正是因为国仇家恨，奶奶很早就参加革命，就连在自己的终身大事上也毅然选择了革命爱情。1949 年 10 月 1 日，在北京天安门广场的开国大典现场，伴随着第一面五星红旗冉冉升起，奶奶和爷爷随即成立自己的小家庭。陈庆说："奶奶是一个爱憎分明的人。每次电视荧屏里播到日本侵略者烧杀抢掠的镜头，奶奶总是咬牙切齿，跳起来大骂。而看到革命者，她总是忍不住鼓掌拍手。"潜移默化间，一颗红红的种子在陈庆青涩懵懂的心里种下。

有人说，人生如果遇到一个好老师，是上天赐给的缘分。中学时代，陈庆就幸运地得到了这样的缘分。他的中学班主任陈文清是省市数学名师，当时班级里刚刚组建班干部队伍，就让聪明勤快的陈庆当班长。很快，陈文清就发现陈庆有极强的解题技巧，常常追求一题多解、创新解法，这也引起了信息学特级教师陈光的关注。于是陈光老师经常将陈庆留下来开小灶，后又将他选拔为信息学竞赛种子选手，精心栽培。闲暇时，还带他到福大计算机系访师求学，到省图书馆搜寻信息学前沿书籍。高中时，陈庆担任队长率福州八中代表队勇夺"BOC 杯"中学生电视大奖赛冠军。

1999 年，正在读高三的陈庆全身心备战高考。5 月 7 日，美国悍然出动 B2 隐形轰炸机，用精确制导导弹轰炸我国驻南斯拉夫大使馆，造成使馆严重损毁、3 名记者牺牲、数十人受伤！事后，美国竟以"误炸"为由推脱责任、拒绝道歉。国内的大学生们气愤难当，自发地用一枚枚臭鸡蛋砸向美国驻中国大使馆，表达抗议……

夜深人静时，陈庆躺在床上无法入睡：这一幅精确制导导弹和臭鸡蛋齐飞的画面深深地刺痛了他——这是一份怎样的无奈啊？这是一种怎样的悲壮？这又是一份何等的屈辱？"但愿朝阳常照我土，不忘烈士鲜血满地！"思及此处，他泪流不止，他第一次感觉到青年学生的前途选择与国家的命运紧紧相连！

填报高考志愿时，奶奶用斩钉截铁的语气一字一顿地告诉他："你的爷爷是一个革命者，你一定要继承爷爷的遗志，接过爷爷的钢枪！"

"接过爷爷的钢枪！"奶奶的这句话深深地烙在陈庆的心灵深处。就这样，在奶奶的支持下，胸怀着红色的火种，陈庆报考了军事院校，携笔从戎，绽放青春。

时光流转、沧海桑田，随着数字化席卷全球，信息革命深刻影响着世界。夺取作战控制权的，已经不再仅仅是炮弹和钢枪，而是计算机世界里不停运动着的 0 和 1 组成的数字洪流！陈庆明白，强军路上，新的征途中，要夺取新的胜利，就必须投身信息化浪潮。爷爷的"钢枪"，该升级啦！

于是，在艰苦的训练之余，他抓紧一切时间学习高科技知识。军校毕业仅两年，他就参与了某重要信息系统的建设任务，并获全军科技进步奖，突破该部队记录。得奖当晚，他回忆起奶奶"接过爷爷的钢枪"的教导，想起自己呕心沥血参与打造的信息化"钢枪"，不由得双眼噙满泪水。他终于没有辜负亲人和老师的期望，成了新时代强军之才。

仿佛冥冥之中有一股神奇力量助推，陈庆与网络结下了不解之缘。部队转业后，他被省公安厅互联网主管部门选中，成为一名守护虚拟世界安全的网络警察。

1980 年，阿尔文·托夫勒在《第三次浪潮》一书中首次提出了大数据的概念，仿佛是声如千骑，气卷万山。伴随着对网络警察事业的追求，陈庆下定决心，要让"钢枪"换上数字化的铁骨、装上大数据的子弹！

爷爷的"钢枪"继续升级着。陈庆矢志成为网络安全战线上大数据领域的弄潮儿。

为了打造这把高科技"钢枪"，他考取了北京邮电大学的网络安全专业研究生，自费购买打击犯罪的前沿书籍和网站上的最新资料；他利用节假日泡在图书馆，抄写复印各种资料；他锲而不舍地参加 BFT 外语资格考试，获得高级认证。他发现针对属地重点网站的巡查工作效率低下、智能化水平低，迅速带领团队深入研究、优化流程，大大提高了针对重大突发舆情的全面监测、实时预警和分析处置能力。他发现不法分子利用某通信工具漏洞实施犯罪的线索，立即组织精干力量开展侦察，迅速揪出一个大型犯罪团伙。该案例成为网络警察某重要系统的技术原型，为提升国家重点网络公司的安全防护水平作出了突出贡献。

他日夜紧盯虚拟世界，练就火眼金睛。他善于从众多的信息中筛选侦查，从草蛇灰线中寻找线索，从变幻莫测的云龙影踪中锁定案件细节。在一起电信诈骗案中，作案者极其狡猾，陈庆潜入数据海洋中分析比对，从犯罪路径寻找到蛛丝马迹，然后顺藤摸瓜，用高科技手段牢牢锁定犯罪分子，一举擒获。有遁逃至国外的犯罪分子利用新型通信工具传输犯罪图片，他又废寝忘食地研究，终于一举按住犯罪分子黏滑的"鲶鱼头"。

为民服务，他组织起福建省首届网络安全宣传月活动。那是2012年的盛夏，彼时，移动互联网尚未兴起，陈庆敏锐地察觉到网络犯罪活动将大幅上升，打击犯罪和加强防范必须双管齐下！没有样板可供参考、缺少经费可资利用，陈庆就发扬"钉子"精神，以勤补拙。他走访各大涉网重点单位、大型网络公司、基层公安机关，不断向领导和专家讨教；夜深人静，他伏案设计宣传品和宣传手册；烈日炎炎，他在城市热岛中，骑车穿行各大报社和网站，争取媒体支持。从五一广场到屏山公安厅本部，再到坊巷社区、屏西软件园、重点互联网单位，都留下了他忙碌奔波的身影。宣传月有条不紊地展开，新老媒体被他的精神鼓舞着默契跟进，《人民公安报》等媒体大量报道，宣传活动获群众交口称赞……

驰援西藏，陈庆是福建省公安机关首批智力援藏工作组组长。在林芝市八一镇，他坐定中军帐，运筹帷幄，决胜千里，配合当地警方破获多起大要案；传授经验战法，他劳形苦志于案头，传道解惑要言不烦、切中要害，使当地网安业务技能获得大幅提升，也把福建网警的良好形象留在了雪域高原……

支援新疆，他奔赴犯罪分子活动猖獗的重点地州，将自己彻底融入其中。他不留恋大漠孤烟直、长河落日圆的美景，俯下身子在海量的网络数据中剥茧抽丝、扒开犯罪分子的层层伪装。他主办的刑侦工作，思维缜密、思路敏捷，迅速闯出全新路径，侦查工作获重大突破，经验做法被推广全国，公安部为此专门发来贺电。

侦察破案，他曾挥鞭执蹬驰骋南北，参与破获全球最大的中文色情网站"阳光娱乐联盟"。他有的放矢，采取网上网下相结合，以各种手段开展案件侦查工作，利用大数据筛选、过滤、成千上万条数据犹如饱含颜料的画笔在画板上勾勒、皴擦，最后形成惊世骇俗的画作。当东方现出鱼肚白，他敲下了鼠标最后一击，一张资金回流表完整呈现，犯罪分子人员关系、组织结构、账户信息、资金流向一目了然，案件主犯陈勇最终被从美国顺利押解送返。该案的成功破获也成为中美两国展开国际合作的典范，陈庆也初步展现出他在涉外警务领域卓越的业务能力。

抗击疫情，他向网络虚拟世界的不法分子发出"网络不是法外之地"的怒吼！2020年疫情初始，网上谣言像铺天盖地的蝗虫降落。山雨欲来，人心惶惶。除夕夜，家人还在吃着年夜饭，陈庆已埋头在电脑屏幕前紧急掌控网情、处置谣言。家里人惊呼超市的大米没有了，原来是少数违法分子在囤积居奇。在公安部统一指挥下，马上于初二开始干预。首先是查处谣言删帖，接着抓捕不法商人，陈庆组织全省网警发出正面的声音，组织新闻部门赴有关单位拍摄照片和视频播放，稳定人心……

十几年的网络安全实战，陈庆逐步成长为守护虚拟世界的金刚力士。多年来，他紧贴实战撰写技战法6本、研发工具软件15款、获软件著作权专利3项，被评为"公安部科技人才"。他用高科技磨砺的"钢枪"已愈发锃亮。

2020年，陈庆被调入公安涉外警务部门，从此在更广阔的领域参与捍卫国家利益和打击犯罪的斗争。陈庆的奶奶也离开了人世，但是奶奶那句"接过爷爷的钢枪"的教导却穿越了时空，久久在他心灵深处回荡。

这"钢枪"，凝聚着历史之变，伴随着时代脉搏，是不屈的意志、是不变的信仰！正是源自那心底的忠诚，源自这红色的基因，这"钢枪"是任何魑魅魍魉都无法瓦解和动摇的磅礴伟力！

在木棉花开的地方，生命绽放

——记凤凰池社区书记林珊丹

◇曾建梅

从车水马龙的西洪路右拐，就进入高树掩映的文林路。两排古老的木棉为这条小路带来四季的浓荫与夏日繁花。树下排布着沙县小吃店、衣服干洗店、生鲜蔬果、手机维修、服装店、咖啡店、便利店、鲜花店、宠物诊所……人们在这条路上来来往往，徜徉徘徊，熙攘而平静地看岁月流过。

以文林路为中轴，挨挨挤挤分布着一个一个住宅小区：西凤新村、西洪新村，洪藤新村……这些建于20世纪七八十年代的住宅楼是福州这个城市的底色，楼层不高，灰白的外墙，阳台上晾晒的衣物和盛放的三角梅都给人一种熟悉的亲切感。

文林路的尽头有一座不太起眼的三层小楼，平常没什么事时人们不太会走进去，但是只要遇到了生活上的问题，不管衣食住行、婚丧嫁娶，一定首先想到来这里。这是居民们解决问题的地方——凤凰池社区。在我国，社区、居委会这样的基层组织就像空气一样，无事发生的时候，你可能不会注意到它的存在，但是只要碰到难题，首先想到的肯定是来这里寻求帮助。

离约定的时间还早，我得以慢悠悠地在文林路上闲逛，到社区门口时正好三点，一个小个子的女生一眼就认出了我，一笑，一口整齐的白牙。我也一下子就认出她，有些娇小但匀称的身材，披肩发、淡妆、牛仔裤、针织衫，温和亲切又干净利落的感觉——这是年轻的社区书记林珊丹，一个地道的福州女性，又比我想象中更加现代、也更加时尚一些。

她生于 20 世纪 70 年代末，按照大多数人的人生轨迹，她本来应该一路读书到大学甚至考研，然后找工作，但因为家族当中有亲人从军，她看过那身挺拔的军装，便在心中种下了军旅梦。

她说人生总是来不及规划，当兵的梦有时候就是一下子被点亮了。于是在高二那一年，当有部队到学校招收女兵，她便积极地报名、参选，如愿被选入空军漳州某部，成为通信兵。家人都担心她一个娇弱的女孩子是否能适应军队的艰苦生活，但是她到了新兵连却感觉如鱼得水，集训拉练、打靶、通信话务——不管是内务训练还是业务比武，她都冲在最前，各项考核名列前茅，结束新兵连训练之后，林珊丹各项考核排名第一，担任通信班的副班长。

回想新兵训练那些日子确实很苦，但是自己身体里的爆发出来那股子劲头连珊丹自己也觉得吃惊，就是不认输，就是不想落后，咬牙往前冲。在漳州某部当通信兵的时候，出紧急任务，抢修通信设施，林珊丹和战友们半夜去山里扛电缆。她娇小的个子，拖着沉重无比的电缆在深山里前行，无数次摔倒了再爬起来，那时候已经浑然忘记了脏和累，唯一目的是完成任务。等她们把电缆扛到指定位置，脸上身上已经全是泥，人累到筋疲力尽，但内心的那种充实和自豪却是久久难忘。

训练时像男孩子一般操练自己，但她也是一个爱美的小姑娘，热衷唱歌跳舞，部队只要有文艺汇演，她总是积极分子。她给我看她手机里翻拍的老照片：十七八岁的可爱妹子，和一群身着军装的年轻战友在一起，她半蹲在前排，中分短发，还有些肉嘟嘟的脸上充满了稚气与纯真，与现在的成熟气质截然不同。就像放在她办公桌上一棵已经长成树干一样的多肉观音莲，梅瓶状的砖红色陶盆里，粗壮的根已经像木头一样坚实。她介绍说这样的老桩多肉已经完全脱离了幼年时期的娇嫩，不用怎么管它，就可以自行经风历雨、自由生长了。

有些遗憾的是，四年军旅生涯结束后，因为各种原因，她原本继续报考军校的梦想没能实现，林珊丹被安置到闽侯县郊的一个水电站工作。家里人觉得一个女孩子到荒山野岭的地方，生活圈太窄了，便把她留在了家里。

兜兜转转，到 2006 年 5 月，林珊丹所在的凤凰池社区进行党委、居委换届，作为退役军人的她被优先选入社区工作，一开始负责计生，这是大家都觉得棘手的工作，尤其对外来流动人口的生育情况进行跟踪走访，难度不小，她硬是知难而上。也正因为这些走家串户的工作机会，让她更多地接触到辖区居民，成为他们熟悉的人。

人生总有那么关键性的几年影响你的一生，大多数人是在大学几年，对于林珊丹来说毫无疑问是四年的军旅生活，至今提起，她眼中还绽放出光芒。部队给她留下的无形资产让她在社区工作中受益无穷。军队的纪律性和超强的执行力影响着她的做事风格，上传下达清楚明了，处理事件有来有回，工作成效有目共睹。军中四年是锻造锤炼，进入社区工作以后的挥洒与自由，是一种舒展开放。因为凤凰池是自己从小生活成长的地方，她也喜欢和这些居民打交道，她觉得自己能为社区做一些事，虽然身体很累，但是心里很充实、很有成就感。十几年的社区工作让林珊丹一路从计生工作的办事员做到社区副书记，再到书记。

作为社区的当家人，要赢得居民们的信任不是嘴上光说好听的话就行，关键还是看解决问题的能力和效率。某小区某单元水管老化漏水了，一个电话打到社区，她便带着工作人员先去现场查看。楼上楼下敲门入户，查找原因，协调解决。如果公共的区域出故障，她拍板先修再说，先掏钱找维修工解决问题，开好发票，过后再补上。"社区工作是这样的，不能太教条，解决问题为第一要务，过程和步骤可以灵活一点的。这就跟消防灭火一样，首先是要把火灭了，再来找谁的责任对吧，不然火烧起来，可能小小的事情就无限扩大，超出我们的解决范围了。"

这样的事情多了，打交道建立起来了信任，居民们便愿意听她的。

这两年鼓楼区老旧小区提升改造工程涉及面广，凤凰池这样的老社区，需要改造的小区占了洪山镇的三分之一，是一项非常难以推进的工作——"但是我们已经完成了"——她不无骄傲地说："没有别的办法，就是一户一户地做工作呀，居民们素质还是很高的，共筹共建，彼此信任嘛，都是为了居住环境更好一些。"

再一项难点是前几年每个社区都面临的防疫工作。她说疫情刚开始的时候大家都很紧张，她和社区工作人员的电话 24 小时都要保持通畅，随时要对疫区归来人员进行流调跟踪，有时候白天电话打不通，晚上下班了接着打，确保涉疫人员被有效监管；为了完成全员核酸检测任务，她和同事们通宵组织居民做核酸检测，一些居民不理解，她也只能耐着性子劝导安慰；因为疫情主要对老年人群体影响大，劝导老年人接种疫苗就成为当下工作的重中之重。她记得辖区内一位老先生多年受糖尿病困扰，血压一直居高不下，家人更是不同意接种疫苗。她带着社区卫生院的年轻人——一位刚好在社区卫生院实习的内分泌医学博士，上门五六趟为老先生测量诊疗，制定降糖降压方案，直到老人家身体指标平稳了，可以接种疫苗。老人一家都非常感谢，说这些年各种中药西药都试过了，没想到在社区的帮助下，血糖降了下来。是啊，接种疫苗不是根本目的，居民健康才是大家共同的目标。

和辖区内这些颇具年代感的居民楼一样，住在楼里的居民很多也是上了年纪的老人家，根据上级政府的要求，社区开办了长者食堂。场地、人手、经费，各项工作都需要协调，但最终还是办起来了。大爷大妈每天集中到食堂里围桌吃饭，开开心心，真正实现老有所养。社区这些工作人员也被他们当成自己家的孩子。林珊丹也很感谢这些居民，从省文联、省科技报退休的老知识分子一叫就来，写书法、写对联，发挥他们的余热。春节、元宵、端午、拗九节，活动不断，居民们在互相联络感情的同时也感受到社区的关怀。社区里还有道德讲堂，时不时地请专业人士来开讲座，教老人家如何使用手机购物、坐地铁，下载App 防诈骗。她经常坐在他们中间一起听讲，再跟他们聊聊家常，就像陪伴自己家中的长辈一样，有一种岁月静好的温暖和幸福感。

虽然年少时点燃她青春的军旅梦没能继续，但她把这份遗憾转变成了一种动力，通过服务社区，在琐碎的工作中同样可以实现人生价值。她也感谢这份工作，就在自己从小生活的地方，可以兼顾家庭。先生和她一样也是军人，受他俩的影响，儿子身上自带军旅气质，因为身形挺拔，还被学校选入舞蹈社。她非常希望儿子以后也能走进军队，成为一名军人，延续自己的军旅梦。

文林路的西头是文林山，与社区毗邻的就是文林山烈士陵园。每年社区和陵园共建，林珊丹和社区的工作人员也上去为英烈们扫墓、凭吊与怀念，作为军人的她，内心更多出一份感念。上下班的时候，她要步行穿过开满木棉花的文林路，东头路口是被称为福州"雨花台"的"鸡角弄革命先烈就义处"，翁良毓、方尔灏、叶凯、朱铭等数十名共产主义革命先烈一百年前就在这里为理想付出生命。为了纪念这些先烈，专门建了一座纪念碑，碑前的小广场上时常有很多孩子在奔跑玩耍，爷爷奶奶坐在石阶上闲聊。当木棉花盛开的七月，行走其间的林珊丹作为这里的"管家人"，看到地上落满的鲜红的木棉花朵，是否也会想到自己年少时包裹在一身军装中的英雄梦？和平年代，她的梦想以一种更为低调、更为日常的形式来实现着——当明白了时间给予自己的人生安排和角色转换以后，我想她一定会在某一刻会心一笑，带着年少时的骄傲和自豪。

奔　赴

◇万小英

　　整节车厢空无一人，视线穿过连接的车厢，都是空荡荡的，似乎这列福州开往徐州的高铁，只为了他在行进。傅恒超头脑一片空白，赶上最早一班车，让他松了一口气，但随即一股憋着的气又堵上心口。浅蓝色的口罩包住大半张脸，一双眼睛显得神情凝重，甚至有些茫然。

　　这是 2020 年 2 月 3 日，庚子年大年初六，冬日 7 点多的城市还没有完全醒来，天空有些灰暗，每个人的心里也压着一丝灰暗：新冠肺炎疫情从暴发到蔓延，速度超乎人们想象，傅恒超坐在车厢后排，身子挺直，四周是如此安静，只有窗外的景色滑过，带来微微声响。最终疲惫让他往后一靠，眼睛不由得闭上。

　　真是不可思议，三天前他还在浙江义乌老家，与许久不见的父母、妻儿围坐着嗑瓜子、聊闲话。40 岁的他，一年前在福建注册成立了一家环保科技公司，他向家人描绘着未来美好的前景。为了专心搞好事业，他将妻儿留在了义乌，并立下了"军令状"。

　　义乌人会做生意。有部电视剧叫《鸡毛飞上天》，由张译、殷桃主演，反映义乌30多年改革发展历程。傅恒超的奶奶傅荷珠与电视剧女主人公骆玉珠一样，以贩卖尼龙袜起家，一度垄断大半个尼龙袜行业。傅恒超的童年生活优越，全身上下名牌，零花钱以百元计，但是后来产业转型，尼龙袜一夜之间退出市场，傅家的事业也因此失败。傅恒超15岁时，奶奶去世了。傅恒超的父亲没有继续经商，而是选择当兵，在福州4年，担任工程兵，今天的梅峰宾馆、鹰厦铁路都曾留下他的印迹。退役后他回到林业部门工作，并在那里找到了另一半。

傅恒超18岁从职高毕业，父亲说"好男儿还是要当兵"，于是懵懂的他入伍来到漳州，次年转福州，在省武警总队服役。他一米八五的个头，穿上军装，甚是帅气。

部队生活孤独、艰苦。他以义务兵的被动状态挨过两年，然后决定申请退役。父亲听到消息，沉默了一会儿，低声说："当兵这么久，你连入党都没有，也没有立功啊。"傅恒超愣住了，忽然浑身发热、出汗。当兵两年什么都没有学到，出部队能做什么呢？

他好像顿时醒悟了，跑去找中队的卢指导员："我想留下来！"比他大八九岁的卢闽看着他："说什么！名单都报了上去，一星期后就公布了。你小子早干吗去了？不是写了申请书吗，这是动哪根弦了？"傅恒超挺直腰板站在那儿一动不动，神情少有的坚决。卢指导员盯了他整整一分钟，然后大声道："傅恒超！"

"到！"

"确定继续服役吗?"

"是!"

一周后,退役名单公布,傅恒超的名字没有在上面。他将继续在军营待三年。把他"捞回来"的卢指导员,自此成为他心中的启明星。"做一个正直的人,做一个有爱心、有责任心的人",指导员反复给战士们说的话,深深地刻在他心里。指导员和连队首长的管理方式,他暗暗揣摩——要求的每天轮流大声读报,不仅可以了解时事,也培养了他们的口才;要求的每周写家信,不仅培养孝道,也让他们对人生有了更明晰的规划;组织的"传帮带",不仅促成老兵带新兵,也是培养老兵的组织管理能力——后来在他创办公司时,这些知识都运用到了。

更重要的是,指导员教会了他什么是真正的爱。一次拉练行动,指导员硬是将发高烧的他从床上拉起,他很委屈,觉得太不近人情了。但是,5公里跑下来他出了一身大汗,烧竟然退了,身体也爽利多了。指导员拍拍他,掏出一罐娃哈哈递给他,说:"人不要太惯着自己,出出汗就好了!"那一刻,傅恒超感动极了,也温暖极了。

留队后,傅恒超像换了一个人似的,拼命干,转眼就被选为班长,后来还成为代理排长,他也光荣入党,荣立"三等功"。

列车停了,是中途站。傅恒超坐直身体,打开手机。一个穿着军装的中年男子闪了出来,视频里他正在和战士一起包饺子。他就是卢闽指导员。

2003年11月傅恒超退役。卢指导员盯着他:"傅恒超!"

"到!"

"一朝入伍,军魂入骨。好好干!"

"是!"

走入社会的傅恒超满腔热血,信心满满。义乌有项政策,凡是义乌户口,创业可以申请无息贷款,傅恒超一口气就贷了60万元。那时候的60万元,可不是笔小数目。

他瞄准手机铃声这一创业项目。那时候还是摩托罗拉、爱立信的天下,铃声单一,听音乐则是用MP3、MP4。北京有家做数码机的公司,可以实现自主下载音乐作为铃声,一台的价格是39800元。傅恒超买了20台,花费近80万元,将它们安放在车站、码头等地,供人自主下载音乐铃声。他想得挺美的,下载一首一元钱,没多久就可以赚个盆满钵满。没想到,手机光接口型号就不下20种,数码机没有那么多种类的接口,人们也没有耐心为一首音乐铃声排队等候。

半年时间,创业梦就破灭了。这些数码机最后以500元一台的低价卖给了废弃电脑收购站。他的身上也背上了60多万的银行债务。

傅恒超在家赋闲了一段时间。母亲希望他不要再折腾,安安分分找份体制内工作。2006年他进入浙江人民检察院,成为一名在编法警,负责开车。他有时候也犯愁,每月工资1700多元,要还60多万得多少年啊?

列车再次启动。傅恒超继续滑着手机,一个漂亮的女孩出现，那是他的妻子。

2012 年，他遇到一位青田姑娘，因为"他的眼中有光"而倾心于他，不在乎他微薄的收入。没多久他们就谈婚论嫁了。成家先立业，军人的担当也告诉他，必须负起责任，行动起来，支撑起自己的小家。他决定再次下海创业，破釜沉舟干出一番成绩。在他们结婚后，他将妻子送回老丈人家，打算轻装上阵，心无旁骛地奋战。庆幸的是，妻子与岳丈都非常理解他，并给予了绝对的支持。

他和另一位退役的战友一起做连锁女鞋生意，还研制了蛋卷鞋，一度开了 40 多家店。没想到，淘宝工厂店开始出现，线上女鞋销售迅猛，他们的鞋店便门可罗雀。这一次，又是损失惨重。

2014 年，他到湖南湘潭开起了 9 块 9 超市，全场商品一律 9 块 9。在做生意的过程中，他开始有意识收集销售数据。客户的需求喜好、消费群体特点，都能从中分析出来。

数据的掌握让他对零售业更有底气。第二年他决定来到福州。在福州当兵 5 年，他深深感受到这座城市的包容性，尤其是这里有很多战友，和他们在一起，让他有发自内心的快乐与满足。

在世欧广场、万象城，傅恒超开了两家"木槿生活"，从数码电子产品到毛绒玩具，从 9 元到 109 元，各种小商品琳琅满目，在年轻人群体中一时风靡。他还在莆田开了一家分店。然而，由于选址等问题，三家店一年半后关闭，傅恒超再次回到义乌。

13 年商界打拼，接连失败，让傅恒超感叹，为什么退役军人创业这么难！他开始思索一个问题：人生的真正意义和价值是什么？

有一点很明确，有个声音总会在他的内心回荡：做个对社会有用的人，服务社会，让生命更有意义。这个声音来自曾经的军营，他的血液里有着军人的责任感与骄傲。

正巧一个亲戚从事消杀、保洁，环保这一行业与社会联系紧密，傅恒超决定学做这个。2017 年，傅恒超以亲戚公司的分公司老板身份，第三次踏上福州的土地。说是分公司，其实老板和员工都只有他一个人。

首单业务是给台江区血液中心喷药消杀。曾经的他英姿勃发地站在省武警总队门前，威严地接受众人检阅，现在的傅恒超 37 岁，身材依然魁梧，戴着手套口罩，穿着套鞋，背着药物喷洒器，在各个角落暗道低头喷洒。傅恒超没有失落，相反在这个新领域，渐渐找到了成就感。

两年后，他脱离亲戚的公司，注册成立自己的公司——福建恒杰力环保科技有限公司，业务项目有市政环卫一体化、物业服务一体化、病媒生物防制一体化及疫情防控等。

傅恒超坐得有些累了，站起身来，走进列车卫生间。回到座位后，他再次翻看手机。这次是幼子咯咯笑着的视频。那是他的儿子，刚 6 岁。他的耳边又想起儿子稚嫩的声音："爸爸，抱！"

正月初三晚上 7 点 30 分左右，傅恒超正搂着儿子，手机响了，是福州防疫办。

"你公司能否组织力量，参加第二天的全市大消杀任务？"

军人面对任务二字，从来都是肯定回答。傅恒超略迟疑了一下，但立刻习惯性地回答"没问题"，响亮干脆！

这三个字意味着他要立即回福州。那时候，人们对新冠疫情充满着恐惧，因为知道感染风险高、致命风险大，几乎所有人都躲在家中。妻子、父母一时间都看向他，听到那句"没问题"，也明白他决心已定：像是一场战争在召唤，战士别无选择，无惧前行。

儿子似乎明白了什么，向他张开了双臂，"爸爸，抱！"但他没有回应这份软萌的呼求，而是转过身收拾行李。义乌到福州近600公里，当晚9点，傅恒超驱车近8个小时，于第二天凌晨5点到达福州。

他顾不上休息，和从外地赶回的部分员工一起紧急行动起来：检查设备、装备、车辆性能，整理防护用品和消毒药剂。早上8点，他们准时到达全市大消杀指定集结地集合，喊出了"党员率先、退役军人冲在前"的口号。他们负责的是闽江公园南、北两园，南江滨生态园，花海公园及各大建筑工地和学校等地，两天的消杀，公司储备的各类消毒药剂告急。由于疫情管控，福建市场已采购不到补给。

"没有药剂，后面的防疫消毒怎么办？"消杀，是防疫的最后一道防火墙，作为军人，傅恒超不会懦弱地回答："对不起，没药了，我们做不了！"一个大胆的想法在他的脑子里冒出，他决

定前往徐州，到江苏康巴特生物工程有限公司去。这就是他此刻
坐在这列火车上的原因。

他亲了一下手机里的儿子……

中午 12 点 37 分，徐州东站到了。傅恒超走进了另一座"空
城"。当他赶到江苏康巴特生物工程有限公司时，发现这里的人
不少，许多城市的办事处工作人员蹲守在厂门口，药厂 24 小时
开足马力生产，依然供不应求。

傅恒超直接找到公司的董事长，董事长断然拒绝："要优先
供应疫情严重的区域！不可能给你。你走吧！"

"帮帮忙吧，福建没有消毒剂了，我只要一点，其他地方只
要匀出来一点，就可以了，不影响他们的防疫工作，但是对我们
福州来说，可能就是救命稻草了。"傅恒超"磨"了近两个小
时，仍是"没有"。

傅恒超开始闭上嘴巴，但是身子不动。他只想一件事，没有
消毒剂就不走。瑟瑟的寒风穿过楼道，一米八五的大个子男人杵
在董事长办公室门口。他不影响别人办公，就那样站着，满脸祈
望。对这个曾经站在省武警总队门前五年的兵来说，"站功"是
专业的。

晚上 7 点多，他还站在那儿。董事长有点心软了，说吃饭去
吧，跟我们一起吃吧。傅恒超一声不吭，乖乖跟着。桌上，别人
谈别人的，他就静静地扒着碗里的饭。吃完饭，他又站在董事长
办公室门口。晚上 9 点多，董事长终于受不了了："福州来的，
看你也不容易，这样吧，挤出 5 吨给你，你找她！明天就安排铁

路货运发往福州。"董事长指了指不远处一个小姑娘,她负责调运药剂。

傅恒超脸上的肌肉终于松弛了下来,连声道谢。转眼他又有些担忧:夜长梦多,到手的鸭子也可能飞了。他对小姑娘说:"我要立即提货!"小姑娘很不理解:"不用这么急,你先回去,药剂后面就会货运送到福州。"但是,没有亲眼看到药剂,傅恒超心里就是不踏实。他又开启保镖式"站功",姑娘走哪他跟哪。

这晚,傅恒超终于看到花了 15 万元才到手的 5 吨含氯消毒剂。由于疫情道路封控,为了争取时间,第二天,天刚蒙蒙亮,傅恒超便用借来的手拖车往返十几公里,把 5 吨药剂一趟又一趟地运往动车站。

傍晚,傅恒超坐上徐州开往福州的高铁。车厢里依然只有他一人,但是与去的时候相比,身心轻松多了,因为这列车载着他千辛万苦求来的 5 吨药剂,他的座位下还有两个大包裹,里面是160 公斤药剂,他执意要随身携带,因为这样踏实。

他将座椅放低,一瞬间就睡着了。

列车吭哧吭哧前行,窗外升起了一轮明月。梦中的傅恒超不知道,这璀璨的月光,仿佛魔法一般,映照出接下来会发生的事情:那 5 吨药剂让他的公司坚持了小半年,圆满完成了防疫任务;这一役,让他名声大噪,公司如一匹黑马杀出业界。2021 年9 月和 2022 年 3 月,他率队受命第一时间奔赴莆田市、泉州市、晋江市等地新冠疫情防控工作一线,圆满完成攻坚战。他的公司在近三年疫情防控中总投入防疫保障车辆 2700 多台，投入 8400 多人次，投入经费 480 多万元。目前他的公司旗下有 5 家子公司，员工 400 多人。

他关爱退役军人，帮助他们创业就业。他的公司优先招录退役军人共 60 多人，帮扶困难退役军人百余人；他也经常到部队与即将退役的军人交流，传经讲课；他现在最大的梦想是创建城市服务业的平台，让退役军人施展手脚……

2022 年 7 月，傅恒超被评选为福建省"最美退役军人"。

幸福社区与爱笑的"兵书记"

◇尤雨晴

"我们社区天天都是艳阳天，插花、跳舞、赶集……多姿多彩。"

"社区有什么变化我说不来，我只知道这两年剪头发没有花钱，还都直接在家楼下！"

"我们的老同学聊起来都说非常羡慕我们，说我们社区好！很热闹，大家都像家人一样。"

这些朴实话语是鼓楼区南街街道杨桥河南社区居民最真实的感受。这个总面积约 0.16 平方千米、民住宅楼 63 座、有上万名居民的老旧社区，先后荣获"省级文明社区""福州市十佳社区居委会""福州市先进基层党组织""福州市三八红旗单位"等100 多项荣誉称号，邻里连心、互助和睦、社区生活丰富多彩，这样一个"幸福社区"，有一位居民大事小事都会想到的人，他们爱笑的"兵书记"——陈丽。

陈丽，福州市鼓楼区南街街道杨桥河南社区党委书记，2020年度福建省"全省优秀共产党员"，福建省"五一劳动奖章"获得者、福建省"三八红旗手""福建省抗击新冠肺炎疫情先进个人"，2022 年 10 月 13 日，获评福州市第三届最美退役军人。在居民眼中，她是真诚的贴心人，在社区干部眼中，她是尽职的领头人。

无惧困难，退伍不褪色

"80 后"社区书记陈丽，曾在部队当兵服役 5 年，2008 年退役后从事教师工作，2015 年任鼓楼区南街街道柳河社区党委书记，开启了作为"社区人"的工作生涯。

"三好学生""个人三等功""优秀教师"……在人生不同赛道里，陈丽总是奋力拼搏，力争优秀，然而，刚当上社区书记的陈丽，工作却没有预想中顺利。30 岁出头的女书记，没有社区工作经验，柳河社区的一些居民对这位初来乍到的陈丽心存疑虑，对社区工作不支持、不配合。不仅是工作上的挑战，生活中陈丽也面对着来自家人压力，母亲不理解陈丽放弃稳定的教师工作，来到社区做基层工作的选择。困难重重，陈丽却没有退缩。当兵五年，不仅让她养成了积极乐观的性格，还塑造了作为军人坚持不懈、勇于担当的精神品质。秉持着"姓军为民"的信念，陈丽时刻提醒自己是一名退役军人，军人永不退缩，只要她用诚心、用爱心为大家做实事、谋幸福，让社区居民有"看得见、摸得着"的幸福感，迟早有一天会得到大家的认可。

2016 年中秋节，超强台风"莫兰蒂"袭击福建，福州全市各部门全面进入防御台风实战状态。当时，柳河社区勺园里低洼地带几处老旧民房面临被水淹的危险，居民必须连夜转移。担任柳河社区党委书记的陈丽带队进行转移工作，全力确保社区居民生命财产安全。当时，一名老人一直不愿意转移，所有人都无计可施，陈丽知道后立马赶往老人家中，做老人的思想工作。老人终于在陈丽真诚的劝说下，同意转移，此时陈丽的双腿已经在积水里浸泡了两个小时。勺园里老旧民房中的 19 名居民最后全部被安全转移，陈丽在安置点里和大家一起吃月饼，分享部队的故事。第二天天亮，陈丽立马开始进行安全排查工作，虽然辛苦却很开心，因为辖区的居民们都平安地度过了这个中秋。

饱满的工作热情、高度的责任感，陈丽用真情真心做好每一件小事，事无巨细，回应群众的每一个需求。她用不到一年时间，从被质疑的年轻书记，成了居民玩笑话里的"老大"，称呼的变化，让陈丽意识到自己在居民心中形象的转变，这也是对她工作成果最好的印证。当母亲来到柳河社区，见到陈丽与大家熟络的相处，听到男女老少对女儿的称赞，社区书记这个曾经不被理解的身份也成了母亲眼中的骄傲。

坚定信念，用"真心"换"民心"

2018 年 5 月，陈丽从南街街道柳河社区调到杨桥河南社区任党委书记。来到河南社区的第一天起，陈丽就暗下决心，要在这个岗位上做出成绩。陈丽认为只有真正把群众放在心里，了解他们、走进他们，才能赢得他们的信任。她给自己定了个"小目标",每天至少走访 3 户居民。言出必行,不到半年的时间,陈丽就入户走访了 200 多户。陈丽始终记得部队政委曾经对她说过的话:"不管以后到哪里做什么事,都要做精做透。"她用脚步丈量着社区每一寸土地,摸清每一位居民的情况,详细询问每一位居民的家庭情况、生活状况、收入来源以及所遇到的困难等,对每一户孤寡老人、困难群众的情况如数家珍。在日常工作中,陈丽总结出杨桥河南社区的"五色底蕴",即"红色党建文化、绿色志愿服务、橙色爱心助困、金色敬老助老、蓝色关爱青少年"。量体裁衣,陈丽将社区的主要服务对象进行分类整理,并为他们一一解决难题,并牵头成立"民情协商中心",邀请干部、居民等不同群体参加,针对收集到的民情,通过上联下动、协商合作,推动问题的解决、矛盾的化解和隐患的消除。在这样的日常工作中,居民们也对这位开朗爱笑的年轻书记熟悉了起来。

姓军为民,书写社区幸福篇章

陈丽始终坚持共产党员主动靠前、革命军人冲锋陷阵的精神,牢记使命,不遗余力。她认为党支部是社区的龙头,要用红色力量来助力构建"温暖社区"。党员干部必须以身作则,真正地把居民放在心里,心往一处想、劲往一处使,用点滴的服务为群众办实事,才能将社区建设得越来越好。2018 年,柳河社区启动征迁工作,时间紧、任务难。陈丽作为柳河曾经的书记,她熟悉这里的居民情况,虽然身怀六甲,她却主动请缨参与征迁工作,早出晚归奋战在一线。在居民晚上在家的时间，陈丽挺着大肚子上门为他们分析情况、讲解政策，站在群众的角度想问题，化解他们的后顾之忧，协同征迁工作组的同事一起努力推动工作顺利进行。疫情来袭，作为社区书记，居民最信任的人、可依靠的人，陈丽放下她只有11个月大的孩子，"数次过家门而不入"，带领社区工作人员和志愿者连续奋战，即使左膝盖髌骨软化，仍强忍疼痛，坚守在抗疫一线。他们用精准化、暖心化的管理和服务，有力维护了社区居民的生命健康，有序推进了社区复工复产复学。

陈丽说："社区就是居民共同的家。"社区里多一分爱心，邻里情就添一分温度。在这个人口过万且大多数为老年人的社区，陈丽发现了许多孤寡老人"吃饭难"的问题。秉持着军人"说干就干"的拼劲，从选址到装修，陈丽亲自里里外外张罗，将河南社区的"邻里食堂"开起来，从此社区老人们有了个放心吃饭的场所，孤寡老人和低保户还可享受免费用餐。陈丽发动辖区居民志愿送餐，特别是对腿脚不方便的老人送餐上门，让他们也能享受到来自社区的暖心餐。从"邻里食堂"出发，陈丽发动干部和居民，延伸出'百家米、睦邻情'的近邻党建公益项目，社区居民人人捐献一勺米，定期依托邻里食堂奉粥，一粒米就像一颗种子，原本缺少交集的邻里关系，伴随着百家米煮成的爱心粥被一点点拉近，变成邻里之间关系和睦、守望相助的"连心桥"。此后，"红色驿站""红色讲坛""衣旧温暖""爱心捐助""慈善大集"……一场场邻里互助的爱心活动办了起来，不只是党员干部，越来越多的居民也受到感召，加入活动中，河南社区这个大家庭不断凝心聚力，共同打造彼此的幸福家园。

陈丽认为，让社区的每一个居民群众都感受到幸福，是她的责任。除了物质充足，让社区居民都吃饱穿暖，还要让他们实现精神的富足，感受到生活细微处的点滴小幸福。陈丽主持操办各种各样的社区活动，给居民的幸福"加码"："左邻右暖邻里文化节"丰富居民的娱乐生活，"社区公益大课堂"舞蹈、插花、茶艺、智能手机讲座……家门口的课堂充盈了居民的精神世界；文化站、科普室、议事厅……为社区居民文化生活提供了现代化、多功能的公共服务场所，真正实现身心的"安居"。在陈丽的记忆中有一件让她印象深刻的事，社区有一位老人在陈丽手机里看见了她的婚纱照，心生羡慕，说自己当年没有机会拍这样好看的照片。随便一句话，但是却说进了陈丽心里，做事雷厉风行的她立马操办了一场社区金婚老人的集体婚礼，为他们拍摄婚纱照，满足他们的心愿，弥补他们的遗憾。当看到社区里一对对金婚老人穿着婚纱礼服，站在广场中央时，许多人都流下了感动的泪水，作为证婚人的陈丽也深刻感受到作为社区书记的幸福和成就感。

如今，在杨桥河南社区，不论男女老少，看见这位"兵书记"都会热情地打招呼，这稀松平常的举动，却是陈丽多年来坚守诚心、爱心与责任心，倾情奉献奉献得到的最好回应。河南社区舒心亭前悬挂的各种照片记录着社区居民幸福的点点滴滴，而陈丽的工作笔记本又翻开了下一页，幸福社区与爱笑的"兵书记"的故事，还在继续……

踏着枪声

——福州市公安局巡特警支队副支队长樊斌侧记

◇吴　晟

一

"你安心工作吧，妈今天状态还好，别担心，有我呢……"医院的走廊上，她在接电话，一手撑在栏杆上。已是夜里，灯光下，看得出她在强打精神，故作轻松，一阵风过，吹散的几缕秀发，遮不住她连续熬夜的倦色。

她还是个年轻的妈妈，女儿才7个月大，因不慎严重感染而住院治疗，又是大热天，为防伤口恶化，每天都要清洗伤口，那么小的女儿，那么可怜地哭，哭一次，妈妈就心碎一次。今晚，她又费了好长时间，强忍心痛哄她睡着，才从女儿病房走出，走向婆婆所在的医院。婆婆因糖尿病引发肾功能衰竭，也住院了。

电话那头，是她的先生，一名警察。此刻，他正带队参加全省警务技能比武封闭集训，不能回家，只能在夜里用电话传递牵挂和愧疚。

她接完电话走进病房，刚想给婆婆倒一杯开水，忽然眼前一黑，天旋地转，晕倒在地，邻床病友见状，立刻叫来医生护士，好在救护及时，幸无大碍，医生说是长期劳累所致。

"怎么这么多天都是你一个人照顾啊，你家先生呢？怎么从没见他来过呢？"大家忍不住责怪。

"他是警察，刚好有任务在身，走不开呢。"年轻的妻子轻声说着，微微一笑。

"哦，原来你是警嫂啊！平时我们只在电视里看到警嫂形象，这真的就在我们身边呢，你们真是辛苦了……"在场的护士和病友表达着理解和崇敬。

是的，我不知道你是谁，但我知道你是为了谁。夜有漏洞，你缝补；路有横钉，你拔除。

那又是一个惊魂之夜，情报显示，公安部 B 级通缉犯吴某潜逃至福州，这个杀人嫌犯随身携带枪支弹药，已在福州作案多起，严重威胁群众安全。他接到命令，率特警队员迅速赶到目标地点——台江区宁化新村。他周密布置好外围警戒，手握枪，枪上膛，隐蔽而迅捷地冲上二楼，逼近目标所在的单元房。示意房东打开第一道防盗门后，他眼疾手快，一脚踹开木门，只听"哐当"连声，门后一辆自行车倒地，显然是嫌犯故意制造障碍，企图赢得反抗机会和脱逃时间。他一个箭步越过门板和自行车，左脚刚落地，右脚已飞起，"嘭"的一声，第二道木门倒地，早已惊觉的嫌犯，从床上跃起。"不许动"，他一声断喝，举枪威慑对方放下武器，和随后赶到的队员一起，闪电出击，以千锤百炼的矫健身手，克敌制胜。

这不是电影画面，这是他真实的工作瞬间。媒体的报道，让我对这位杰出的警界先锋有了比较清晰的认识。他从军营入警营，30 多年，一往情深，见证了福州特警支队的诞生和成长。出类拔萃的能力，让他先后六次作为特殊人才被公安部派往香港进行警务交流，还被聘为公安部警务实战教官，代表公安部远赴土耳其进行反恐学习交流。每一次行动，他总是身先士卒，刚强果敢。2007 年 7 月至 2009 年初，仅一年半载的时间里，他在打击"两抢一盗"专项斗争中，就参与抓获犯罪嫌疑人 2000 多名；参与抓获公安部 A 级通缉犯；查获各类毒品约 2738 千克。

他是名副其实的警界楷模，他是犯罪分子闻风丧胆的克星。他为人民出生入死地奉献，人民给他理所当然的肯定——荣立二等功两次、三等功四次；获全国、省、市"优秀人民警察"；福建省对口支援四川地震灾区先进个人；福建省奥运会安保先进个人；福建省爱民先进个人；中共福州市委"十佳先进标兵个人"；福州市"新长征突击手标兵"荣誉称号；2020 年度福建省"最美退役军人"……

他，就是福州市公安局巡特警支队副支队长樊斌。

车子开进绿意葱茏的山麓警营，就听到一阵阵枪声，"砰砰砰""砰砰砰"，那是民警在训练射击。樊斌踏着枪声走来，身材魁梧，步伐坚定，略显沧桑的面容透出刚毅，我握住他那一双长年握枪的手，访谈就从上文提到的那一次追捕行动开始。

"每一次行动，看似简单迅速，其实都和我们平常无数次的苦练分不开，和我们反复进行的精确模拟实战分不开。我们日常训练务必严苛，这是从无数血淋淋的事实得出的警示。每次集结要求人到、心到、装备到，警车每天入库前都要检查油量，绝不能低于50%，以应对随时可能的出发，枪支、通信设备，时刻处于备战状态，我们要求，坚决完成任务的同时，要做到零伤亡、零事故、零违纪。"铿锵有力，一气呵成，言语间，尽显军警风采。

<h1 style="text-align:center">二</h1>

樊斌出生于福州仓山对湖，此地素来文风鼎盛，直到今天都还是院校集中区，巷子里随处可闻琴声，随时可见读书的身影。在那大学生被视为"天之骄子"的年代，樊斌父辈三兄弟先后考取福大、厦大和清华，一门三骄子，着实罕见。樊斌同辈的兄弟姐妹，也多从事学术工作，而他，选择了"从武"之路。也许父亲为他取名为"斌"，就是希望这个书香世家能多一股英武之气吧。

因父亲在合肥工作，他3岁时就从悠悠闽江畔来到滚滚长江边，喝了15年的长江水，长成一个壮实的小伙子，该迎接更大的风浪了，于是，他走向军队，走向大海，走向追涛搏浪的人生。

"我所在的部队是海军，我是一名潜艇战士……"回忆起军旅生涯，樊斌严肃的表情立刻舒展，仿佛刹那间被海风吹动，配合着干脆简洁的动作，时而斜劈，时而轻挥，把蓝色的波涛推到眼前。

"100米下沉！200米下沉！300米下沉！"随着一声声沉稳的指令，潜艇不断下沉，伴随着重重叠叠的噪音下沉，忽然，舱体内又有雾气漫出，渐多渐浓，几乎遮蔽了视线，眼耳鼻齐受压迫，一种从未有过的恐惧随雾气一起弥漫全身。一个十七八岁的小男生，想到自己被裹在大洋深处一管孤零零的"铁"里，那一番孤独和寂寞的心灵滋味，旁人尽可以想象，却未必能体会一二。难怪说潜艇战士是尖兵中的尖兵，过硬的身体素质、超强的心理能力，缺一不可。

到达目标深度时，潜艇适应了大海的压力，舱内雾气渐渐散开，但噪音并不停歇，这是庞杂的机器工作时联合发出的，一缠上耳朵，就片刻不离。

巡航启程，一切困难也随之开始。首先是热，沉闷而潮湿的热，密闭的舱体里，40摄氏度的高温，是战士生活的常温。其次，白天黑夜不分，他们床头挂着钟，按钟设昼夜，按钟定作息。他们睡的地方，说是床，其实就是与肩膀等宽的板，勉强躺下，翻身都是奢侈的动作。然后是用水，早期潜艇载量小，战斗部件之外的用品和淡水，都极其有限，要极端珍惜，一个战士一天一杯水，太渴了，润一润，无洗脸刷牙之说。

这不禁让我联想到他后来带队救灾的情景。2016年"尼伯特"台风肆虐，闽清县洪涛汹涌，超过5000立方米/秒的洪峰铺天盖地，房屋倒、农田淹、路桥毁、电讯断。灾情就是命令，樊斌率队奔赴灾区。炎热，缺水，断电，水中漂着房子，树顶挂着汽车，连续作战十几天，累倒只能随地睡，没条件，更没时间，半点顾不上个人卫生。警员有轮岗，樊斌守到底，守到灾区水退路通、秩序井然；守到自己胡子拉碴、面目焦黑。

为了灾民有家回，尽管这时他的父亲因病住院，他也只能有家不能回。看着樊斌和战友们疲惫而英勇的身姿，都以为他们天生就是人民的卫士，却常常忘记了他们也是别人的儿子。好在老人特别理解儿子，作为中华人民共和国成立早期的电气工程师，樊斌父亲因表现杰出，曾受到毛主席和周总理的接见，老人深知"家国情怀"这四个字的重量，虽然他目光模糊，但能看见儿子的风雨征途。

既然来当兵，此生不言败。生活可以艰苦，训练绝不打折，汗水湿透衣背，精神不能打湿。年轻的樊斌，每天把舱室打理得纤尘不染，像打磨入伍的初心；把铜甲板擦得锃亮，像擦拭锃亮的青春。

通过艰苦卓绝的努力，通过电子学和声学等各方面高强度的苦练后，樊斌成为一名优秀的潜艇声呐员。声呐员是汪洋千里眼，是海底顺风耳，对潜艇的安全和任务能力至关重要。每到值班时刻，他戴着耳机，密切监听海洋中静电般的白噪声，从而分辨目标类别，是海洋生物还是海底地震？是商船航行还是飞机掠过海空？是不明潜艇还是来犯军舰？他竖起耳朵，此刻，他是全神贯注的深海猎人，在监听时，谁都不能走动，连厨师都只能在厨房静默，像戴着白手套的雕像。

说到厨师，樊斌停顿了一会儿，和我聊起一件小事，看他神色，又分明在说一件大事。

那天，一个战士生病了，按规定可享用最高标准伙食——鸡蛋煮面。很快，鸡蛋面来了，小战士虽在病中，却也难掩喜色，毕竟在深海一角落，能吃上一碗喷香的汤面，那可是梦中才有的滋味。他双手端着，先美美地喝一大口汤，"啊，好咸啊，咸到苦了！"一副难以下咽的表情。一检查，发现厨师用海水煮面了。上文谈到，潜艇中淡水储备非常有限，除了饮用水外，其余都只能用海水，工作台上有很多阀门，其中就有淡水阀和海水阀，显然厨师不小心错开了海水阀。

尽管潜艇上所有工作都有细致完整的闭环程序，一节连一节，一环扣一环，严谨如拉链，却犹存出错的可能。一次，负责值班的战友，就因为忽略了再重复一次的点名程序，使得一个在舱外的战士，未按时归位，潜艇就向新的目标区域行进，万幸发现及时，否则不堪设想，毫无疑问，责任人受到顶格处分。

此刻，樊斌眼看远方，语调深沉："这事啊，听起来不大，但对军人来说，教训深刻，那么严密的程序，那么优秀的战士，还暴露出问题，如果在关键环节，一不小心就舰毁人亡。这就倒逼我们要高度强化危险意识，不能有一分一秒松懈，绝不可凭感觉、想当然。我从军五年，我的个性，我的习惯，就是这样在不断警醒不断锤炼中养成的……"说话间，耳边的号角声似在回答，集体的习惯已成为他的习惯。

三

你以为的岁月静好，是有人在替你负重前行。这一句经常听到的流行语，此刻写下，是那么贴切、那么自然。

2017 年，金砖会议在厦门召开，前期工作艰巨繁重，而母亲身体又急剧衰弱，樊斌含泪向母亲告别，母亲耳朵听不见、眼睛看不见，只能用手颤巍巍地辨认自己的儿子。使命在肩，母命悬眉，待到儿子又一次出色地完成任务，飞奔回家时，母亲已经向他告别了。

一位军旅诗人这样写道："我告别天天流泪的母亲，去保卫天天流血的母亲。"这是战争岁月的诗行，和平年代，他们情怀依旧，丹心不改，是他们舍家为国，枕戈待旦，才有夜色温柔，灯火祥和。

人民军队的初心和使命，人民警察的传统和荣光，在樊斌身上，熠熠生辉。

"只能等将来退休后，多陪陪家人。"说罢，他赧颜一笑。30多年，他仅请假两次，其中一次是女儿出生，此后，因为工作，错过了女儿从幼儿园到大学的每一次开学典礼。甚至，他微信朋友圈的最新一条消息是这样的——"宝贝女儿订婚的大喜日子，因工作原因未能出席，甚是遗憾。感谢亲朋好友们的理解与支持！衷心祝福孩子们生活美满！幸福快乐！"父亲质朴的祝福，相信女儿会深有感受。

幼吾幼以及人之幼，一有机会，他就乐于奉献，各类爱心捐款达 10 多万元。他工作途中的善举，常常温暖人心。有一次，他与福州十八中师生举行文明共建活动，得知初一学生陈洁品学兼优，却因家庭变故而深陷苦闷，樊斌当即决定帮助她，倡议特警队员筹集善款，连续 6 年，不仅帮她解决了学习和生活问题，还经常走访她的家，关爱她的心灵成长，孩子渐渐从阴郁走向阳光。

后来，樊斌远赴新疆执行任务，白天，他英勇解救人质，化解社会危机，夜晚，接到来自福州的电话，获知陈洁考取福建师大的消息，心花怒放。随即，他又拨通闽疆两地战友的电话："小陈家庭情况我们再清楚不过，上大学所需的费用还要不少，弟兄们再一起尽尽力，一定帮她圆梦！"钢盔战士，铁骨柔肠，有血有肉，有情有义。

在他办公室洁白的墙上，一幅福州地图旁边，整齐地挂着各种会议的出席证。他那么多的奖章呢？对了，一定挂着家里，挂在妻子目光可及的地方。她望着奖章，或许又望见当年新婚的情景——

新婚第三天，樊斌就接到电话，要求马上归队，而他久久不忍开口，细心的新娘，却已读懂新郎的心思："你放心回单位吧，我没事，嫁给你之前我就有心理准备了。"梅花嫁给风雪，当然知道严寒的意义。

桌上手机响，樊斌接完电话说："临时有个重要会议，5 点开始。家里来了一拨北方亲戚，本来今晚我要带他们夜游闽江，只好再辛苦爱人了。"

　　我们掐着时间，结束访谈，一起下楼。庄严的警徽下，我再次握住这一双匡扶正义的手，然后，各自上车，一前一后，开在洒满晚霞的路上，耳边依然有号角回荡。

法律的力量与温情

——记鼓楼区人民法院法官毛岚岚

◇李晟旻

法官毛岚岚站在我面前，她年纪四十有余，短发，戴眼镜，穿连衣裙，笑容平和，若不是提前了解，我很难想象她的另一个身份，退役军人。

1995年，毛岚岚考入厦门大学法律系，1999年毕业。面临择业，这位学霸却犯了难。分配改革的政策一纸落下，毕业包分配成为历史。那一年，福建省还没有公务员招考，只有部队招考，家人觉得女孩子还是到编制内比较稳妥，于是，她考入了福建边防总队，进入马尾琅岐边防派出所，成为一名新兵。

在边防派出所，毛岚岚负责内勤，虽然工作多且杂，但在日常的繁杂之余，她的心里仍然对法律保有一份热爱和向往。正是秉承着这样一份念念不忘，她在转业前通过了司法职业资格考试，又因为接触过公检法部门，在当兵后的第10年，她通过了军转干部安置考试，在200多人的竞争中，以第二名的成绩考入鼓楼区人民法院。

十年路漫漫，兜兜转转，毛岚岚总算抵达她的理想之地。

和所有刚刚进入法院的新人一样，毛岚岚从最初的刑庭书记员做起，熟练掌握刑事审判的全流程，成为法官的得力助手。一年多后，她转为代理审判员。

涉众型案件是毛岚岚比较侧重负责的案件。在她工作之初，非法集资类案件尤为突出。在当时，非法集资类案件属于新兴案件新兴罪名，面对新的案件类型，公安部门在搜集证据、侦查破案等方面都处于摸索阶段，处理不一定很到位，也不那么得心应手，而对于法官来说，这类案件的审理也是十分难啃的硬骨头。

骨头虽硬，但也只能硬啃，遇到困难肯钻研，这是部队教会毛岚岚的处事准则。她审理过的最复杂的非法集资类案件，当事人多达1000多人，且多为老年人，他们大多文化水平不高，沟通能力也有限，有些甚至大吵大闹，作为法官，在审理案件的同时，又要做好当事群众的稳定工作，既要保护他们的利益不受损害，又不能偏听偏信，满足他们的不当要求。法官在这之间就像是一杆秤，一丝一毫的偏差都有违法律的公正。一面是当事人的各种诉求，一面是公安提供的繁杂材料，每笔案款、每个数字，到最后呈现在判决书上，都是法官根据无数法条法规，经过理性精确的审判得出的结果。

骨头的难啃之处还体现在可能出现的未知情况上。比如，毛岚岚审理过的追回赃款最多的非法集资案件，由于报案群众少，3亿多的赃款只返还了300多万，剩下的案款该怎么办？在史无前例的情况下，他们向上级部门和当地政法委请示，多方协调之下，政法委组织公安检察院协商处理，妥善解决群众问题。在征得政法委同意，争取公安和检察院支持下，剩下的案款被续冻，其间公安通知当事人来报案，剩下的案款才得以返还。这个案件的侦破为今后稳妥解决此类问题提供了范本。

从早年间的非法集资，到如今的电信网络诈骗、养老诈骗，涉众型经济案件也随着经济社会和政治环境的变化而不断变化。案件类型不断增多，新的罪名不断增加，这就要求法官不断学习、不断摸索。工作十余载，毛岚岚的学习之路也从未停歇。

生性内向、不善言辞的毛岚岚，迈出学习的第一步，是从克服"社恐"开始的。在工作中遇到必须解决而自己无法解决的问题和困难时，她积极向上级领导和同事请教，工作之余，她用一本又一本专业书籍不断提升自己的业务能力和专业水平，社会的不断变化，案件类型和罪名的不断更新，让她必须不断学习新的法条法规。"看"和"记"，看似两种最笨的办法，却是扎根一个领域最基本、最行之有效的途径，而正因为她对法律的热爱和执着，对职业的责任感和自豪感，让她在无限重复的"看"和"记"中将一个个案子做扎实，让每个判决都有理有据、有迹可循。毛岚岚的工作风格一如对自己的评价："耿直"，她倔强直爽，容不得半点的含糊不清，哪怕是不起眼的边角，也力求清爽明朗。

去年，中央为加强少年审判工作，掀起新一轮改革，将行政案件、民事案件、执行案件和刑事案件中有涉及未成年人审判的归在一起，变为一个综合法庭。为响应改革，鼓楼区人民法院也在去年成立了少年法庭，毛岚岚任负责人，这为她的工作打开了一个新的出口。

都说法不徇情，但法律却并非完全不讲"人情"。以前总以为，法庭的作用仅仅在于审理和判决，判决过后，当事人与法院、法官便再无关联，但少年法庭却将法律的"温度"和"人情"延伸到了审判之后。少年法庭坚持有利于未成年人的原则，在案件审理中引入心理疏导和法庭教育，提供案件审判后的回访帮助和司法救助。

毛岚岚所经手的涉众型案件中就有不少涉少案件。很多法律意识淡薄、社会经验不足的未成年人，很容易陷入诈骗公司的圈套，一不小心成为帮人洗钱的罪犯，这种情况下的量刑，多以教育为主，给他们改过自新的机会。而对于主动从事犯罪行为的未成年人，少年法庭则会以心理咨询介入，从其家庭、成长环境了解他们从事犯罪的原因，考虑到在庭审时他们及家人会因为种种原因隐瞒犯罪事实，心理评测就成了了解他们真实内心的有利途径。不少未成年罪犯或陷入迷茫渴望获得新生，或不知如何规划未来道路，或害怕将来在求学就业中被区别对待，对此，少年法庭会给予疏导和帮扶，帮助他们走出阴影和迷茫，了解其兴趣和发展方向，为他们做好成长规划。对于非刑事案件中涉及的未成年子女，比如离婚案件中受到影响的未成年子女，父母犯罪的未成年子女，法院也会联合相关部门给予心理疏导和困境帮扶，帮助他们减少因父母离婚所产生的负面影响。

"点亮他们的心灯"，毛岚岚如此形容少年法庭的帮扶作用，而被点亮的少年们，眼神从暗淡无光到充满光亮，对待人生从迷茫到找到方向，从前与父母关系紧张的也开始理解父母，亲子关系得到缓和。每当帮助一个曾经犯过错误的未成年人重获新生，毛岚岚都能感受到法律所带来的温情和力量，"在少年法庭感化帮助下的孩子，能在他们眼中看到光，看到希望"，这也更加坚定了她作为一个法律人所秉持的价值观，法律并非冰冷的法条和审判，更是审判背后释放出的人情味。

审判和惩罚从来就不是目的，引导和纠正才是。

从书记员到代理审判员再到刑庭副庭长兼少年法庭负责人，一场又一场大案要案，一摞又一摞卷宗，一个又一个棘手难题，就像路障横亘在毛岚岚作为法律人的成长道路上，她就这么一路摸爬滚打，一步一脚印，踏实向前。而支撑她在这道路上坚定不移走下去的，除了对法律的热爱，还有 10 年军营生活的历练、坚定的政治立场、对党中央政策的绝对拥护。吃苦耐劳、令行禁止，服从命令、听从指挥，这些从部队延续而来的优良传统，根深蒂固于她的日常工作和生活中，无须刻意提醒自己，习惯早已内化于心，每一个举动背后，无不潜藏着一个军人的影子。

"因为父亲去世早，觉得学习法律能给自己带来一些力量，可以保护家人保护自己"。法律的匡扶正义公正严明，部队的严于律己令行禁止，毛岚岚所走的每一步似乎都贯彻着一种力量感和信念感，让无论是作为军人的她，还是作为法律人的她，都能义无反顾，坚定前行。

来自蓝色军营的冶山情怀

◇林　哲

一

福州多山，城在山中，山在城中。民谚曰："三山藏，三山现，三山看不见"。"三山藏"中，保存最完整的当属市中心的冶山。"闽之有城，自冶城始"，冶山见证了福州2200多年建城史。然而长期以来，冶山周边老旧的砖混楼房，像交错的犬牙，把这座海拔不到30米的古山淹没于市井的烟火凡尘里。

2000年，一位与共和国同龄的老人陈元春，与家人搬到了这里。彼时，他年逾五十，慈祥矍铄，与任何一位机关老干部并无差别。邻里中没有人想到，这位来自蓝色军营的海军军转干部与冶山的未来会有什么大的关联。

从位于屏山大院的工作单位福建省机关服务中心到冶山片区内的家，不过500米。结束了工作日的忙碌，傍晚时分，陈元春步行回家，老伴做好了一桌香喷喷的好菜等着他。吃完饭，他携手老伴，在院子里散步，他们的生活，朴实简单，却规律得如同列车时刻表。这是陈元春从军多年养成的习惯。

"老陈，散步哪！"街坊们见到这对相濡以沫的夫妻绕着冶山遛弯，总是这样打着招呼寒暄，久了，老陈夫妇就成了院子里一道"固定的风景线"。因为许多人发现，这对夫妇的散步方式有点"不走寻常路"，其他人遛弯，总会选择一个与家相近的参照物，"两点之间匀速运动"，到点就回家，可是老陈，喜欢在小小的地盘里"探险"，一会儿顺着只容一人侧身走过的小山道，登上冶山矮矮的山顶，一会儿又七拐八弯转进周围迷宫一般的中山路、能补天巷、丽文坊、城隍街、北院巷，在几处古老甚至破旧的民居前走走停停看看，仿佛一个考古学家。

饭后百步走的时间久了，"考古学家"虽然没挖出什么宝藏，却有了不少新发现——顺着一条不易被觉察到的石阶蜿蜒而上，泉山摩崖石刻林就映入眼帘。冶山之畔，民族英雄林则徐曾在这里出生、成长，而后走向更大的历史舞台；冶山之上，孙中山先生曾在这里会见福建政要，发表演讲、提笔书匾"戮力同心"，鼓舞国人奋勇前进；冶山之后，别具风格的仁寿堂曾是海军元老萨镇冰的晚年住处；此后，这里还成了后勤大院，民国红砖将军楼至今耸立；离家不远的"欧冶池"古迹，则是著名冶炼家欧冶子在冶山池畔铸造宝剑时留下的，它将福州的历史直接写进了春秋时代。闽越国成立之后，无诸以冶山为中心，建立起福州土地上的第一座城池——冶城，使之成为福州城发展的根基与起源！

陈元春深深爱上了这座山、这片街区，对这个闽都文化发祥地产生了浓厚兴趣，他开始潜心研究。除了翻阅、收集大量相关书籍、文献资料，找专家请教外，他还进行实地考察，于是，"饭后百步走"的"规定动作"，演变成了工作之余废寝忘食地钻故纸堆、探老房子。

家人担心研究让他过于劳累，晚辈劝他："您都快花甲之年了，又不是考古学的专家教授，研究这些自娱自乐还好，累坏了身子可不值得。"有一起工作的同事也劝说："您真是精力旺盛啊，可是您看这片地儿这么老旧，要改造成文化遗址博物馆可不是一天两天的，研究出来又有什么用呢，现在年轻人都不喜欢这些老古董了！"

对于这些善意的规劝，陈元春笑笑，没往心里去。海军军营培养出的那种执着精神又在心中萌发了。

老伴高雪娇也坚定地站在了他这一边，在顾好小家的同时，全力支持丈夫的潜心研究。他们是远近闻名的模范夫妻、最美家庭。

二

时间，不知不觉在充实的日子中流逝，陈元春光荣退休了，有了更多的时间挖掘、研究、阐释、传播闽都文化。经过近 10 年的积累沉淀，陈元春已成为"冶山专家"，被邻里们亲切地称为"冶山堂主人"。从 2010 年开始，已经退休的他就开始协助住地所在的鼓楼区鼓东街道中山社区义务讲解冶山文化。为了更好地将中国传统文化融会贯通，他还自学了甲骨文，对于古文字、福州的历史文化，他娓娓道来、如数家珍。

2015年，一位女同志穿过层层叠叠的民房，走到冶山这座小山包前，看到了正伏身观察摩崖石刻的老陈。女同志向老陈伸出手，说道："陈老师好，我叫钟薇，是区政协委员。最近区委研究决定，让我包片挂钩鼓东街道。我对辖区的冶山历史文化也很有兴趣，希望多向您学习。"

陈元春的眼里闪过明亮的光，原来，鼓楼区委也开始重视冶山的保护和闽都文化研究了。他滔滔不绝地向女同志介绍起了冶山的"前世今生"，在自豪的同时，也直言不讳地说出了自己的隐忧——众多古迹已饱受岁月的侵蚀，有的仅剩下残垣断壁，令人扼腕叹息啊！

女同志边听边记，若有所思，老陈说完，也陷入了沉思……

三

丁零零……

陈元春的手机铃声，在某个普通的日子响起。

"您好，陈老师吗？我是中山社区居委会主任陈绿漪。"

"哦哦，您好。"

小陈主任带来了一个好消息。福州市鼓楼区两会即将召开，已当选鼓楼区政协副主席的钟薇即将把保护开发冶山历史文化片区的建议写入政协委员提案，提交区政协全体会议。提案初稿已经形成，提交前，钟副主席等许多区政协委员将在这一两天内，面对面听取陈老师的意见建议。

陈元春欣喜不已。他连夜整理冶山的历史资料、保护开发的意见建议，让老伴工工整整地抄好，再细细装订成册……很快，钟副主席就带着政协委员们如约而至。很快，一份论证到位、数据翔实、建议中肯的政协提案就修改完善好了。

"冶山之美不在风光，而在于背后的历史人文瑰宝。解放时期，冶山可查文物有 500 多处，时至今日，仅存 100 多处，冶山面积也从旧时约 3 平方公里至现如今不到 1 平方公里，许多文物古迹由于资金及技术等原因年久失修，有些被占为办公场所或居民住所，有些甚至直接被拆，保护状况令人担忧。冶山作为闽都文化的发源地，价值无可估量，保护刻不容缓。"在这份名为《保护冶山文化，抢救冶山文物》的提案中，钟副主席这样写道。她同众多区政协委员们一道呼吁保护冶山。

提案提交之后，鼓楼区委区政府十分重视，不久，就准备启动冶山历史风貌区一期保护修复工程。但由于工程涉及众多房产征收、涉及权益错综复杂，区级单位出面协调动员中直、省直单位配合搬迁安置难度较大，工程推进遇到困难，甚至多次停滞，但大家都没有放弃努力。2017 年，钟副主席当选福州市政协委员，她再次将提案《应尽快采取有力措施保护冶山文化，抢救冶山文物》提交市政协全会，该提案随即被列为年度重点提案，直接推动了市委市政府领导挂帅"冶山春秋园保护修复工程"重点项目。2021 年，第 44 届世界遗产大会在福州举行，历经两年两期工程修缮保护的冶山春秋园华丽蝶变、惊艳亮相。陈元春看在眼里，乐在心里。

四

在许多人的共同努力下，如今，冶山不再寂寂无闻，而是成为省内外有名的"网红打卡点"。慕名而来的游客、历史文化爱好者和考察团多了，陈元春也就更忙碌了。他说，政府为冶山加强"硬件"，我也要用实际行动为冶山的推广增添"软实力"。

军人言行必果的作风，促使他很快为自己制定了"三步走"计划——第一步是研究冶山，第二步是守护冶山，第三步是宣导冶山。具体说来，要培养专业的冶山文化讲解员；协助政府做一些力所能及的宣传工作；要进入机关、进入企业、进入学校进行公益讲座；绘制一份冶山导览图……

说干就干。陈元春推动成立了冶山学社志愿服务队，至今已有51名老、中、青成员。这支文化志愿服务队依托中山社区，开展冶山及周边中山堂、城隍庙、欧冶池、唐代马球场等历史遗址、人文古迹的文史研究及推广。同时，在属地鼓东街道和中山社区的牵头下，辖区内的省财政厅、省卫健委、省供销社、中信银行福州分行等单位以及省人大常委会、省政协、省委办公厅、省政府办公厅、省委组织部、省委统战部等共建单位中许多年轻人，利用文明单位共建、党团共建等契机，一起参与到闽都文化志愿服务队中来，讲好闽都文化故事。

　　陈元春在历史、考古等方面已颇有积累。但人们很难相信，学识渊博的陈元春，因为自幼家境贫寒，很早就辍学了。他始终没有放弃自己的"文化梦"，从未间断过练习书画、自学甲骨文，甚至紧跟时代潮流，开辟自己的抖音、微信公众号，在疫情期间用线上渠道讲好冶山故事，传播闽都文化。最近，老陈的学术成果越来越丰硕，他主编的《福建贡院砖铭拓本集》顺利出版发行，推介会开到了福州市有名的文艺书店——鹿森书店，另一本专著《冶山摩崖石刻新编》的编撰出版得到了鼓楼区委的大力支持，也在持续推动中。

　　陈元春就是这样一位对历史文化孜孜不倦的探求者。他常说，"我是农民的儿子，是部队、党和政府培养了我，如今做一些力所能及的公益文化服务回馈社会是一种责任，也是一种幸福。"或许是巧合，这位与萨镇冰一样同是海军蓝色军营培养出来的"文化人"，这位居住在曾是部队后勤大院片区的"冶山堂主"，用海纳百川的情怀，让淹没在历史烟尘里的闽都文化精粹重新焕发了光彩。

不待扬鞭自奋蹄

——记安泰街道武装部部长黄龙辉

◇ 简　梅

一

　　秋分时节，午后静谧的秋阳泛着暖意，加洋路的云彩层层叠叠，似锦似絮，投影在道旁浓荫密布的青枝绿叶间。光在眼前折射着跳跃着，我似乎看到一种熟悉的迷幻色彩，一想，哦！那不是军人神圣的迷彩吗？心有所想，我加快了脚步，迈进鼓楼区安泰街道办事处三楼。当第一眼见到武装部部长黄龙辉时，他朴实淳厚，目光中的坚毅、沉稳，给我留下了初始的印象。他的办公室后间为民兵器材室，靠墙架上摆放着绿色的行军背囊与携行物资，齐刷刷的排列犹如整装待发的士兵。我看见他抚摩它们时的眼神透着温润和祥，甚至留恋不舍。那一刻，我感受到这个从军二十五个年头，热爱部队、奋勇争先、保家卫国的热血男儿，内心深藏着沉甸甸的情感。"我是一个军人！"这个响当当的理想与信念，无论经过多少年月，不管转换多少身份，都依然那么宝贵与珍重。

当我们交流的话匣子打开，更是印证了我的直觉。黄龙辉部长出生于闽北素有"铁城"之称的邵武市，老家在和平古镇的一个村庄，按族谱属唐工部侍郎黄峭后裔。他从小怀着对部队的向往，对人民解放军的崇敬，长大后毅然走上从军之路。1992年12月，黄龙辉入伍，从原南京军区某地油料仓库战士，不久就因为表现突出升为班长，后历任司务长、排长、政治指导员、助理员、政治教导员等职务。由于政治思想"优"、管理能力"强"、培养骨干"活"，官兵凝聚"睦"，他从2012年3月起任73896部队政治处主任，常以创新思路、因地制宜开展战地文化，拓宽资源配合主题教育，以自导自编、喜闻乐见的方式点燃官兵热情，帮助他们树立正确的人生观、世界观，典型的做法多次被《部队管理》等军队杂志刊物报道。身为部队纪委书记的他，谋事讲法治，办事讲原则，发扬民主精神，始终注意维护党员干部应有的良好形象，保持高度的自警自律，自觉接受组织和群众监督，清廉、正气，个人口碑好，群众威望高，多次被表彰评为"优秀基层干部""优秀党务工作者""优秀共产党员"，荣立个人三等功一次，分队更是多次被上级表彰为"基层建设先进单位"。不仅如此，在部队期间，他还积极参加中央党校法律专业函授本科学习，进行军事经济学院军队财务专业自考，见缝插针参与南昌陆军学院基层指挥专业培训……不待扬鞭自奋蹄！他始终坚持点滴积累知识，拓展锤炼提升素质。2016年他撰写的文章还获得"南京军区联勤部新闻报道一等奖"。由于他长期从事意识形态领域工作，能在广泛学习理论和业务知识基础上，深入生活指导实践，因而累积了许多宝贵的经验。人之情、理之思、律之严，始终贯穿于他的履历生涯。当面临重要的转业择向时，他毅然再度选择走向基层，牢记"为人民服务"的宗旨，在2018年1月起就任鼓楼区安泰街道武装部部长，告别了部队谨严封闭、相对单纯的环境，转为迈向开放、复杂的社会，再度阔步求索，一如年少时离开家乡、远赴部队的坚定与从容……

二

我们不自觉在茶桌前聊了近两个小时。不时有街道同事进来报告事务，其间他又接了多个工作电话，或关于征兵、双拥，抑或关于基干民兵、社会保障等事宜。"每天事无巨细，像螺丝钉的工作，似乎考验培养我更多的耐心、恒心……"黄龙辉部长憨实地一笑，而此时窗外的阳光柔淡许多，秋风沙沙摇着近窗的绿枝，似在与我一起倾听难忘的故事。

"简老师，您知道吗？我刚转业到地方时，时常梦见部队、梦见朝夕相伴的战友。您看，这桌上的喜糖，就是一名战士回乡结婚时给我寄来的。"

"我印象很深的一件事，就是刚转业到安泰街道任职不到一个多月，当时分管安全生产工作，一切都还在熟悉环境与过渡学习的阶段，朱紫坊木屋区有居民不慎差点引发火患，这事让我绷紧了一根弦！朱紫坊可是中国历史文化名街，国家文保单位萨镇冰故居、福州千年古园林芙蓉园等都在其间，若做不到责任到人、措施到位，后果不堪设想。我马不停蹄带领安监站工作人员协同三坊七巷保护公司、辖区民警、社区人员等，沿街登门巡查，向居民商户宣传安全常识，签订消防安全责任书，对旧的电动车充电插座补充安装定时器，并对老宅院落的野树杂枝进行砍伐清理……"

走向新岗位的黄龙辉部长就这样开启他在城市基层的第一步。我边与之叙聊，边翻阅着街道的安全生产工作简讯："2018年共出动 3106 人次，检查公共聚集场所 1376 家次，商业网点816 家次，中小餐馆 786 家次，当场整改 136 处……"无疑，他总能以锐利的双眼发现问题，在建筑工地开展应急演练，完善应急预案；节假日放弃休息时间，挨家挨户做好防火、防台、防汛安全工作的宣传……我还注意到，在他分管安全生产的 2018 年，共投入 60 多万元，对朱紫坊木屋文物保护单位线路消防进行提升改造，区内四个较为严重的安全隐患点均进行整改，并按期顺利通过市、区安全验收。真不简单！

如果我们透过数据去想象其中的工作量和身上所承担的重任，就不得不佩服作为军人的他，有着比常人坚毅数倍的力量，而这仅仅只是黄部长负责的其中一项工作。接下来，人武部更为艰巨的任务来了！因为采访之前我曾阅读他传来的多篇工作笔记。例如：勤做少说，在角色转换中抓好各项工作的落实；勤责强警，不断增强忧患意识……寥寥数语，却是重中之重。我了解到他心中还装着退役军人服务站、民兵整组与训练点验、预备役征兵等极其重要的工作。而我上网查阅其中的内容后，心中更添对他的敬佩。

国家退役军人服务中心于 2018 年 4 月 16 日刚在北京正式挂牌成立，相关领域改革仍在做进一步调整、优化和完善；2018 年 11 月 30 日，鼓楼区退役军人服务中心也紧接着在鼓楼区委大院举行挂牌仪式，区内 10 个街镇、69 个社区退役军人服务站同期举行了挂牌仪式。这就意味着，时间紧、任务重、责任大的保障广大退役军人服务工作就此拉开序幕，它将成为退役军人政策咨询窗口、感情联络纽带、信息沟通桥梁、帮扶援助平台……当一堆文件纲要纷飞而来，黄部长思维冷静，他觉得要做好这项工作，最重要的第一步就是要将辖区内的退役军人个人信息采集完整。由于过去这项工作属于民政办，没有专人管理，数据出入较大，他与武装部干事等经过几个月反复核实，打了无数电话、亲自上门，甚至跨区协调，终于将名单核实分类列档。他马上接着进行第二步：悬挂光荣牌，在广场举行了一场热烈火红的"悬挂光荣牌"启动仪式，亲手将"光荣之家"的牌子钉在老兵代表们的门框上。那一刻，他绽开了自豪的笑脸。事必躬亲的他，将光和热献给他热爱的部队与基层事业，只要问起对黄部长的印象，无论是同事、老兵，还是群众，无不吐出两个字：很好！

这确不是虚言，访谈时，因有一个家长来找黄部长沟通孩子服兵役的事，我便到对面办公室取材料，两个年轻的武装部同事告诉我，黄部长待人温和，体贴下属，从不摆架子，常叮嘱他们要劳逸结合。如果平时工作有做不到位之处，他也是如兄长般婉转批评。因此大家都喜欢他，觉得他是一棵大树，可以庇护风雨。即使他不交代，也一心要把工作做得更好！当他们知道我要采写黄部长时，非常高兴，找出工作简讯上他的身影，一一指给我看："简老师，这是黄部长去拜访他景仰的抗美援朝老兵艾光燧，他已 90 岁高龄"，"黄部长去医院看望越战老兵叶光涛，他时常帮助解决其生活诉求"，"黄部长半夜也会接到老兵电话，大家视他为亲人，这张照片是热心公益的退役老军人葛椿因事郁郁，他马上去家安慰开导"，"黄部长常对退役军人、现役军人家属说，服务站是温暖的家，大家有困难了及时来坐坐聊聊，这张（照片）就是座谈的情形"，"这是新兵入伍欢送会，黄部长给孩子披上绶带，并向家长表示崇高敬意"，"这是黄部长在安排基干民兵进行训练，上午学习包扎与救护，下午组织到鳌峰坊，参观高士其故居"，"简老师，黄部长上起课来可生动呢，您看，这张是为鼓楼区民兵营长进行'营连部建设'的授课"，"这是黄部长带着海上综合保障排，中石油海上物质油料排 3 班参加点验"，"这个金灿灿的牌匾是黄部长获得福州市警备区授予的'先进基层武装部部长'，我们把它拍下来了"……我拿着厚厚的简讯，仿佛捧着忠诚、勇毅！

有时想想，个人的命运常常是伴随着国家与时代的变革而悄然变化，无论是黄龙辉部长转业的时机以及他面临挑战的重重压力，都折射出他的素质和能力。而心系家国的他，拥有一种与众不同的豁达与定力，只要能保家卫国、能助力国家强军目标战略思想实现，他都会义无反顾！若干年之后，他也许会在某个秋天，回忆起自己曾经的艰难和光荣，欣慰地对着自己与孩子说："我是如此幸运，因为我为国家贡献了自己全部的力量！"他就是这么做的，义无反顾地在新时代的征程中，永葆初心，砥砺前行。

夕阳中，我与他道别，我想起了他珍藏的部队相册中，穿着一身戎装意气风发、快乐的样子。我深深记住了曾有一个小战士，在退役的瞬间紧紧抱着他，那一刻，他泪流满面。

陈权：驰而不息的兵支书

◇苏怀可

陈权，男，1980 年出生，中共党员，1998 年 12 月入伍，2000 年 12 月退役，现任福州市鼓楼区洪山镇洪山桥社区党委书记、居委会主任、社工站站长。

扎根社区 16 年

"换一种生活方式"是陈权 18 岁入伍时的想法。1998 年，他成了武警莆田市支队的一员，服役期间，他先后获得连队嘉奖、优秀士兵等荣誉。谈起入伍两年的收获，用他自己的话说，精气神不一样了，整个人变得更加自律，会要求自己对社会有所回馈。但 18 岁的他没有料到，比起"换一种生活方式"这种显而易见的转变，部队生活更多的是将"全心全意为人民服务"这句誓言刻进骨子里，这份心意有多全，从他的生命脉络可略窥一二。

2000 年退役后，陈权先是就职于福州市晋安区保安公司，担任过队长、中队长、大队长等职务，但他仍不满足，于是在 2006

年毅然决定回到社区工作，一待就是 16 年。

他坦言，最初在面对这种由若干个体、家庭所形成的微型社会时，大家都有些不习惯。他的不习惯源于纪律严明的硬性规定没有了，需要建立人与人之间的信任，而群众的不习惯则来源于对他们的陌生。为了快速适应，也为了抵消这份陌生，他每到一个社区上任就走家串户跟居民们闲聊，整个人变得"婆婆妈妈"起来，但就是这样的东家长、西家短，陈权迅速地掌握到了社区总体情况和特殊群体，在群众有困难的时候能及时伸出援手。

讲起为何至今都没有离开社区，他没有多讲，只说了一件具体的事情："今天，只要在我服务过的社区散步，社区里的居民都会热情地喊一句'书记好'。我想，这声热情招呼不仅是肯定，更是挽留。"

扎根社区的 16 年间，陈权先后荣获鼓楼区"优秀党务工作者""社会治安综合治理工作先进个人""最美兵支书"等称号，他所领导的洪山桥社区获评"五星级党组织"的称号。

过去的兵已成将

在疫情期间，这位社区书记很快就迎来了属于他的第一场战役：辖区内出现外来疑似病例。

疫情初期，所有人都是一头雾水，疫区返乡人员究竟要怎么管理？行政人员要怎样做到自我防护？如何行之有效地防止疫情扩散？如何防范社会面恐慌？……都没有清晰明了的答案，但是部队培养出的"独当一面，遇事不慌"让陈权很快地稳定了心神。

随后陈权带领社区人员立即进入战时状态，有条不紊地组织每日测温、物资调配、场所消毒等工作，但是由于缺乏防护经验，陈权和上门测温人员被认定为密切接触者，要居家隔离。群龙不可无首，陈权主动请缨离岗不离职，24 小时无间断地线上指挥。手机铃声响起，就是冲锋号响起，通过他合理地组织领导，每一道战时命令都能够准确、及时地在前线实施，社区疫情保卫首战告捷。经历了这次胜仗，陈权及他所带领的队伍显得游刃有余了起来，用"不怕苦不怕牺牲"的精神打赢了数不清的大小战"疫"。在疫情防控常态化的日子里，他将每一道指令转化为作战计划，列出作战清单，包含搭建工作场所、协调工作人员、设定工作时限、定岗定责到人等工作环节。

他说："想清楚怎么做事最难的，想清楚之后埋头做就是了。"他的同事们笑称，本以为在社区工作会施展不开拳脚，没想到跟着陈权干，每天都跟打仗一样。不想当将军的士兵不是好士兵，但不是所有的士兵都能当将军，一支军队要取得好的战绩，既需要将军的卓越指挥，也需要士兵的冲锋陷阵，从部队出来的陈权深知这份道理。

管天管地管空气

基层流传着一句行话，"社区工作就是管天管地管空气"，"管天"是贯彻执行上级指令，"管地"是直接服务广大群众，那"管空气"呢?

以推行垃圾分类为例,作为一个利国利民的国策,垃圾分类有着坚决实施的必要,但是如何将国策化为百姓听得懂、听得进、喜欢听的说法就成了陈权最头疼的问题。政策推行之初,群众对垃圾站的选址争吵不休,离得近的怕有异味,远的又觉不方便,这两难的命题一下子就砸进了社区。为了将政策说进群众的心坎里,这位"兵支书"也没兵法可使,只能挨家挨户得摆事实、讲道理,从群众、政府、企业、社区共同参与科学选址的过程,到实地研究风向、朝向,降低异味影响,再到发动家里人等各方力量进行劝解,他喋喋不休,说到实在没办法。正如他所说,"人心都是肉长的",在将心比心的劝解里,陈权的心又离群众的心更近了一步。

我想,"管天管地管空气"中的"管空气",指的就是垃圾站选址这种工作,因为对于大多数居民而言,垃圾站在那边显得那么自然,好像本就应该出现在那里,就像空气,但鲜少有人发现,这一切自然需要付出巨大的心力来维护。

我是党员,先干再说

初见"兵支书",肤色有点黑,戴着眼镜,笑起来总有那么一丝腼腆,让人很难把眼前这位略显憨态的书记与军人的形象联系在一起。他不太会说话,爱笑,面对我少有直接表达,只是逐个回答问题,而他最常用的一句回答则是"我是党员,先干再说"。

我是党员，先干再说，这是他生命的底色。坚持立党为公、执政为民，陈权做到了；关心群众，尊重群众，向群众学习，为群众解难题、办实事，陈权做到了。社会主义是干出来的，新时代是奋斗出来的，中国共产党带领着中国人民一路走来，既有着许多看得见、摸得着的伟大功绩，更蕴含着数不尽的打基础、利长远的发展根基。这一件件动人的小事，一桩桩平凡的任务，一份份无尽的职责并非多有代表性，也并不惊天动地，但却动人地闪耀着。

这份平凡岗位上不平凡的奉献不会止于这 16 年，共产党员、社区书记、退役军人陈权还会继续，驰而不息。

军人本色，医者初心

——记"最美退役军人"卓惠长

◇蓝云昌

有一种青春叫"新兵蛋子"

  中国人民解放军第一军医大学坐落在风景秀丽的广州市白云山东麓的麒麟岗。初入军校，卓惠长感到一切都是那样新鲜、神秘：幽深的校区、整洁的宿舍、宽阔的操场、热情的战友……忽然，他的眼前一亮！一对穿便装的女兵朝着校门外走去，她们的步态是那么矫健、轻盈，腰杆是那么的颀长、笔挺，摆臂是那么舒展、整齐……他艳羡着，联想起电视剧《红十字方队》里的靓丽镜头，轻轻地哼起其中的主题歌曲《相逢是首歌》：

  你曾对我说，

  相逢是首歌，

  眼睛是春天的海，

  青春是绿色的河……

  然而，开学初的军训就让他尝尽苦头。担任教官的是原广州军区教导大队即将提干的老班长们，他们像凶猛的豹子，扑腾着、吼叫着，搅动着一湾平静的湖水，让这群从未出过家门的新兵蛋子措手不及。

起床、叠被、穿衣、洗漱，一切内务必须在号声中按要求迅速完成，让他们明白了什么是一丝不苟；坚挺庄严的正步，整齐划一的齐步，迅疾而有照应的跑步，"三大步伐"在他们的咬牙坚持下完美练就；脚步擂地，口号震天，战友连心，军歌嘹亮，齐心协力的团队意识在他们青春的心灵上逐步发扬！

让卓惠长深深感动的是军训即将结束的那天，他们拉歌，又唱起了《咱当兵的人》，当唱到"咱当兵的人，有啥不一样，自从离开了家乡，就难见到爹娘"的时候，他们都情不自禁地痛哭起来，带着哭腔唱完全曲——是一个月训练苦楚的一时迸发，也是思乡思亲情绪的波动！

回忆当年上军医大学的经历，卓惠长无比自豪。军医大学把军人和医生这两个神圣职业融合到一起，又以熔炉烈火促成了他从文弱书生到英武战士的转变。

毫不犹豫的专业选择

2003年2月，一场突如其来的SARS事件席卷了神州大地。中国工程院院士、著名呼吸内科专家钟南山及时发声，党中央和各级政府高度重视……

北京以8天的神速建起小汤山医院。

正在北京解放军总医院实习的卓惠长面对不测之灾，挺身请求到一线参战！可是，因为他年纪轻，缺乏临床经历，没得到领导的批准，这也成了他此后很多年内心深处的遗憾。

因为这件事，在学完五年临床专业、轮转实习报考研究生时，卓惠长毫不犹豫地选择了与疫情密切相关的呼吸和重症医学专业。

2009 年，卓惠长被安排在泰安解放军第八十八医院工作。其所在的病区因出现甲型流感病例，导致整个病区被隔离。身在隔离区，他心清气静、心神凝聚，在科室主任的带领下，认真做好自身防护的同时，他积极安置密切接触者，全力治疗隔离患者，有条不紊地控制病区的感染情况，渡过了难关。这是他正式行医后第一次处理此类流行性传染病。

2010 年，卓惠长到原南京军区福州总医院呼吸与危重症医学科工作。工作期间，他始终以军人的标准严格要求自己，军事训练和演习从不落下；他刻苦学习医术，医院组织野战医疗所，他踊跃报名，成为医疗所重症组的骨干成员。

2017 年，根据医院指派，卓惠长到福建省中医药大学附属第三人民医院帮带，在没人没设备，甚至没有一张病床的情况下，在医院全体同事的鼎力支持下，他用了不到 3 个月的时间，建立了重症医学科，并培养帮带出一个优秀的医护团队。

2018 年，军队编制体制改革，卓惠长响应总书记和军委号召，转业到福建医科大学附属第一医院重症医学科供职。他快速熟悉医院与科室情况，团结周围同事，齐心协力做好科室工作和患者的临床救治，2019 年被任命为医院重症甲乳党支部副书记。

2020 年初春，新冠肺炎疫情侵袭荆楚大地！武汉封城，白衣天使逆行……

此时，卓惠长被任命为福建省新冠肺炎医疗救治临床专家组成员，随即加入省里刚组建的第一批援鄂医疗队中。

1 月 26 日，大年初二，卓惠长正在长汀老家过春节。当天接到医院通知，回榕参加首批援鄂医疗队行前的动员会议。当晚，他又赶回家召开紧急家庭会议，表明了他支援武汉的意愿。刚上初中的孩子哭了起来："我不要爸爸去那么危险的地方！"同为医护工作者的妻子抱紧孩子："爸爸是白衣天使，去拯救更多人的生命，这是他肩上的责任。"

疫情就是命令！次日一早，卓惠长便与队友们集结、宣誓、出发。

"一场罕有的人生体验"

1 月 27 日，福建医疗队到达武汉后快速进入状态。他们反复训练医用防护服的标准穿脱动作（从到达隔离病房到穿外衣离开隔离病房，共需要经过 30 多个步骤），力求熟练掌握，以确保考核合格，及时上岗。同时，医院对驻地、医护人员的行走路线，甚至每个房间内的分区，每个日常的动作都有详细严格的规定，大家必须遵循。

29 日，医疗队接管武汉市中心医院后湖院区的一个病区，分组进入病房。

2 月 2 日，医疗队奉命转战金银潭医院，接管了两个病区。

每天早上 6 点多起床，7 点一刻准时从酒店出发，8 点正式上班，穿戴防护服，各就各位。下班了，当一层一层脱下防护服、摘下口罩时，大家全身感到格外轻松；而看着内层工作服上的斑斑汗渍、脸上的一道道勒痕和额头被护目镜压出的红印，各自相视一笑。

新冠肺炎重症发生率超过 10%，主要发生在基础病多、免疫力低的老年患者中。卓惠长以其专业优势，通过各种渠道了解诊治过程中的重点难点，同时回顾非典、甲流等疫情防控的有关措施办法，提出通过功能医学筛查和临床诊断（核酸检测和 CT 影像）相结合的方式，多维度指标判断，让检测效率大大提高；他与专家组成员深入观察、交流、探讨，不断形成了医疗队自己的一整套完整的诊治方案。

卓惠长特别关注对感染患者进行梳理筛查，评估轻型、普通型患者转化成重型、危重型的可能性，将危重症患者信息进行整理汇总，实施分级管理，合理运用重症医学救治支持手段，将救治关口前移。

在金银潭的救援工作持续了近两个月，累计收治患者 246 例，创造了医护人员零感染、病人零死亡的骄人战绩。

与此同时，一部 28 万字的《新型冠状病毒肺炎诊治与医务人员防护》医学专著由卓惠长主编完成，并正式出版发行，在业内获得了良好的反响！

2022年3月24日，应菲律宾政府的请求，我国同意派出专家组支援他们。省里组建了赴菲抗疫医疗专家组，卓惠长又主动请缨。

在马尼拉，卓惠长和专家组成员行程满满：每天8点出发，与当地政府部门交流，走访菲律宾医疗机构及隔离点，与菲律宾同行交流治疗方案，分享中国抗疫经验。

某位侨领病情危重，所在医院联系到专家组，卓惠长3次到医院会诊，甚至身着防护服深入病房，于床前仔细探视。

除了常规诊疗工作外，卓惠长还主动承担了专家组的宣传、资料收集整理、每日简报编写等工作，并为当地华人华侨提供了热线电话咨询和在线讲座，经常工作到深夜。

从2020年大年初二开始，卓惠长马不停蹄，在一线持续抗疫99天！

由于抗疫的突出贡献，卓惠长先后荣获"福建省向善向上好青年""福建青年五四奖章标兵""福建省抗疫最美家庭""最美退役军人"等荣誉称号，中央电视台、新华社、新华网、学习强国、福建电视台新闻频道等主流媒体都对他进行了报道。

"在这段日子里，我经历了一场罕有的人生体验！我们感动了病人，也被病人所感动。这是我们祖国的力量，也是我们人民的力量！"卓惠长说。

登高向远，不忘初心

卓惠长又回到了自己的岗位，按常规坐诊、查房、讲课、会诊……

重症医学科是医院里一个较特殊的科室，它是为全院危重症患者提供集中监护、抢救、生命支持和脏器功能维护的重要基地，是救治全院危重症患者的强有力保障平台。收治的还有各种大手术后病人，尤其术前有并发症（如合并心脏疾病、高血压、糖尿病等），或术中生命体征不稳定者、苏醒延迟的病人或各种原因急性呼衰或慢性呼衰急性发作者或其他需要严密监护和脏器功能支持的病人。

经常有应急会诊任务，例如，因为省内某地发生重大交通事故、重大建筑倒塌事故等，被连夜派往外地会诊，到达当地后马上开展工作，经常一干就到下半夜，有时还需要留守在当地好几天，直到患者病情稳定为止。

2022年去泉州抗疫，有个97岁确诊新冠肺炎的男性患者，合并消化道大出血，高钾血症，因为隔离病房条件有限，且患者高龄，进行胃肠镜检查或外科手术治疗均存在较大困难，只能选择保守治疗，经过20多天的细心救治，终于稳定住了病情，脱离危险，最后好转出院。

卓惠长经常出入ICU室，这里的患者及其家属总是带着巨大的恐惧和强烈的祈求，面对这一切，卓惠长总是保持着自然的笑容和温和的态度。

2022 年 5 月 29 日，卓惠长接收了两位马拉松比赛后热射病昏迷、抽搐的大学生，其中一名患者，持续深昏迷 2 周。为了施治，卓惠长在科里吃住了 35 天，最终，两位患者均抢救成功，脱离危险，完全康复。

医生是个高风险、高责任的职业，又是一个必须拼搏终生方能不断精进的职业。卓惠长，这位从闽西大山里出来，经历部队熔炉锤炼，继承着客家人忠贞报国血统的优秀医者，迎难而上，他始终牢记着自己入职宣誓中的誓词：愿以纯洁与神圣之精神，终身执行我的职务。

淬火钢刃明

——记福建省"最美基层民警"左明朝

◇林　欣

　　冷！刺骨的冷！在北国零下2度的射击场上，左明朝一趴就是一两个小时。"北风卷地白草折""风头如刀面如割"！

　　苦！难言的苦！数九寒天，每天5公里负重跑、军姿训练，零下七八摄氏度的天气还经常夜间紧急集合出操训练。

　　4个多月军训结束，左明朝只进城洗过一次澡。训练时的痕迹永远印刻在了军服上，宛如一枚枚闪亮的勋章。

　　"一日从军，军魂入骨"，1992年那年的冬天，从未离开家乡的19岁的左明朝，作为一名政治条件兵，接受了所在部队最严格也最特殊的训练。

　　8年的部队生活，就像一个大熔炉，把这位川娃子新兵锤炼成忠诚的卫士。

　　8年军旅生涯，磨砺了强壮体魄钢铁意志，浇铸了坚韧精神坚定信仰。这是让他一生获益的宝贵精神财富。

一

2000 年，左明朝从部队退役，来到福州市公安局工作，仍保持战士作风的他与制售假烟的犯罪分子展开了一番斗智斗勇。

有一次接线报，漳州吴某某利用仓山建新南路一民房作为窝点，非法生产销售假烟。经过缜密侦查确实，左明朝迅速带着战友出现在吴某某面前，当场查获假冒名牌白沙烟 50 条。

就只有这些？不对！此人长期从事非法生产销售假烟活动，肯定不止藏有现场发现的这些数量有限的假烟，而仅凭现场查获的假烟很难定罪。那么，其他的假烟去向何方？

现场，细心的左明朝发现了一些物流面单，上面写的是运动鞋、茶叶等字样。真的就是运这些商品么？很可疑！左明朝立即对涉及的几个物流公司展开调查，发现吴某某正是通过物流以运动鞋、茶叶等为名目，将大量假烟托运到浙江、四川等 8 个省市进行销售。

左明朝与同事马不停蹄地赶往浙江、四川、重庆等地实地取证，固定证据。根据每张单据的重量认定假烟的数目，再经过第三方机构评估，最终确认案值 500 多万元，共抓获犯罪嫌疑人 5 人。

顺藤摸瓜，其他贩卖假烟案件线索也逐渐浮出水面。这些犯罪方式极其隐蔽，有在海上由一船倾抛货物，再一船钩带拖走货物进行交易的，有装上飞机直接运往境外销售的……上级有关部门掌握情况后，一举破获了数起跨国贩卖假烟案，案值达几千万元。

经此一役，左明朝因打击制售假烟工作突出，被评为全省"打击制售假烟专项工作先进个人"。

二

从治安打击部门调整到治安管理部门后，保证校园安全成为左明朝主要的工作内容之一。他深刻认识到："护校安园"事关千家万户的幸福，必须做到万无一失。

福州市有 2514 所校园，作为全市公安机关校园安全保卫工作的责任民警，左明朝深感责任重大。他积极与教育部门对接，加强每周的协调沟通，指导学校落实各项安保工作制度。他每天都奔走于各个学校之间，通过明察暗访，对学校监控视频、一键报警装置、防冲撞设施等进行仔细检查，及时排查整改校内安全隐患，协调基层公安机关和教育部门尽快落实，确保人防物防技防等相关措施落实到位。

为抓落实，有时候他一天会跑 10 多个学校检查安保工作。一次，他与一位刚毕业的同事一起到闽清检查学校安保工作。当时这位同事不会驾驶，他又是检查又是开车，在山区回城途中，过度疲劳的他驾驶车子险些撞上山边。年轻的同事惊魂未定，感慨道："左哥，你太拼了！"

12 年来，左明朝说不清在单位与福州市各校园之间跑了多少来回，打了多少交道。如今，说起福州市区各学校的位置、保安配备力量、逃生路线，他都能如数家珍。

在他与同事们的共同努力下，目前全市校园封闭式管理率、保安派驻率、防护器械配备率、视频监控建设和一键报警装置与公安机关联网率都达到 100%，校园复杂路段实行了"高峰勤务"，推动校园"护学岗"设立 100%，校园安全得到明显提升。左明朝成了当之无愧的"校园守护者"。

三

临危受命，他在除夕夜起草疫情防控应急处置预案，连续在抗疫防控一线奋战 50 多天，为福州打赢疫情防控阻击战，立下汗马功劳。

2020 年 1 月 20 日，左明朝安顿好家人后，带着几件换洗衣服就"驻扎"进办公室。

除夕夜，作为福州市公安局疫情防控专班核心成员之一，他连夜起草《福州市公安局新型冠状病毒肺炎疫情防控应急处置预案》。这份凝结了他心血的"作战计划"，作为全市公安机关做好疫情防控工作的样板，成了福州公安打好疫情防控阻击战的行动指南。

"只要病毒一天没有消亡，我们就要全力以赴、持之以恒做好疫情防控工作。"左明朝时刻提醒自己。

2020 年农历正月初十那天晚上 11 点多，左明朝已连续工作了数日，几夜没有睡过一个囫囵觉，双眼布满血丝。突然省厅指令传来，某个有全国影响力的公司在北京召开总部年会，其中有人被确诊为新冠感染者，公安部主要领导要求抓紧协调卫健部门开展隔离防控工作。

经查，福州市到北京参加年会的就有4人。情况紧急，刻不容缓，必须争分夺秒尽快查到这4个人行踪！左明朝一跃而起，对4人的户籍展开调查，发现4人分别在福清和闽侯，便立即联系、协调当地相关各部门人员，连夜对4人进行隔离。当得知这4个密切接触者都送到隔离点之后，左明朝才松了一口气，这时已是凌晨3点。

此后的50多天，无论晨光熹微，还是夜深人静，左明朝始终奋战在疫情防控第一线。

他多次深入隔离医学观察场所、核酸检测点、疫苗接种点等重点场所开展督导检查，对检查发现的问题即提出整改要求。协调多警种多部门做好全市上千个人员聚集重点部位、190家发热门诊、92家酒店集中隔离观察点、10家定点医院的安全防范和秩序维护工作，督促指导属地公安机关对32个医学隔离观察场所派警入驻，流转核查高风险地区返榕人员信息557条，及时稳妥处置突发事件24起……

这一串串数据背后凝聚着左明朝为福州在全省首批实现现有病例、疑似病例"双清零"作出的不懈努力。

四

社会治安方面工作千头万绪，要做好这项工作需要以民为本的认真工作态度、细心的工作作风和多方协调能力。

熟悉左明朝的人都说他有股子拼劲儿。他认为，在工作中除了要"拼"，还必须够"细"。

为了让工作能更有条理地进行，同事们能够在操作过程中有章可循，细心的他编拟了《全市公安基层民警治安保卫安全检查手册》，对全市医疗机构、学校、水电、加油站等单位明确了检查内容和检查方法。

一次，左明朝到一个黄金制品加工企业检查，细心的他发现这家企业在中午工人下班后没有将未加工好的黄金制品妥善存入保险柜，只是简单地关门走人。他当即向老板指出这是安全隐患，可是老板没当一回事。果不其然，一两天后这家企业就发生外贼入窃案，虽说案件很快告破，但老板还是懊悔不已，连连对左明朝说："左警官，早听您的话就没这事了！"

夯实3500多家水、电、油、气等单位安全保障工作；助力第四届世界遗产大会、数字中国建设峰会等重大活动顺利进行；推动全市公交企业落实1800多万元资金，对5000多辆公交车安防设施进行改造升级；推动全市1100多家寄递企业网点及20个分拨中心严格落实管理制度；协调推动邮管部门投资180多万元建设分拨中心视频监控联网平台……亮眼的"成绩单"包含着左明朝的辛苦付出和对做好治安管理工作的不断摸索。

时光荏苒，转眼退役 22 年，变化的是身份岗位，是工作内容，不变的是精神风貌，是坚定信仰。22 年间左明朝经常加班加点，越是节假日，越是他工作忙得不可开交之时，他已忘了多少年没有休探亲假了，对妻儿，对年迈的父母，亏欠太多。

岗位虽平凡，业绩不平凡。现任福州市公安局治安支队六大队副大队长、一级警长的左明朝，22 年来荣立个人二等功 1 次、三等功 3 次、个人嘉奖 5 次。获全省"最美基层民警"、福建省学校及周边治安综合治理工作先进个人、第二届"我最喜爱的福州警星"、福州市优秀人民警察、福州市公安局优秀共产党员等光荣称号。

"一身警服，一生荣光"，有十六字令《兵》赞之：

兵，北国天寒铁甲冰，当熔炼，赤胆为民情。

兵，南国新装沐海风，初心在，惩恶护安宁。

兵，淬火钢刀雪刃锋，扬眉处，使命竭忠诚。

甘洒热血写春秋

——记福州市"战'疫'最美志愿者"谢隆标

◇周　琦

"您好，请问是林主任吗？"

一大早刚上班，鼓楼区水部街道人大工委主任林子英就接到了电话："是谢总啊，这么早你有事吗？"

"林主任，我听说你们要建一个核酸检测点，需要志愿者吗？我来报名了！"

"我也是刚刚接到通知，正愁到哪儿去找人呢？你这报名可太及时啦！这样，我下午要去凯旋公寓设立检测点，你有空的话下午就过来吧。"

"好的林主任，那我们下午见。"

在他自己的眼中，他是位平凡的普通人

下午2时，谢隆标准点来到凯旋公寓大门前，林子英主任正和几位社区工作人员一起准备搭建帐篷设立核酸检测点，可他们

手头上没有一件工具，谢隆标与林主任商量了一下，骑上电动车赶回家中取出电钻、电动螺丝刀等工具，大家七手八脚忙碌了两个多小时，终于搭起了隔离帐篷，拉开隔离带安排好一条条进出线路，同时将一张张宣传资料张贴上墙。说来也巧，当他们忙完这一切，一场倾盆大雨突如其来，几个人立即躲进刚刚搭好的帐篷里，待雨停了才下班回家。

下了一夜的雨，不放心刚搭建的帐篷，第二天天不亮谢隆标就赶到检测点，对所有设备进行了一次全面的维修加固。怕人手不够，他还将自己公司内休班的几位员工也叫来，大家一齐套上志愿者的红马甲，站立在各自的岗位上。一切准备妥当，社区工作人员一声令下，核酸检测点正式运行。谢隆标与大家一起，在现场维持秩序，查看健康码、引导人流有序前行，同时还不停地进行宣传解释，耐心劝导。对一些年纪大的老人，以及腿脚不利落的残疾人，谢隆标帮助推轮椅、点开健康码，从早上 5 点出门，忙了一整天回到家时，已是夜晚 10 时，这一干就是 10 多天。

谢隆标是福建省鑫之源建设发展有限公司的副总经理，1991 年 12 月入伍，1996 年在部队加入了党组织，1997 年退役后回到福州，工作之余，他热心公益乐于助人，哪里需要他就出现在哪里，哪里有困难他就帮助到哪里，以自己的实际行动，展示了一位退役军人的模范风采，体现了一位共产党员的先锋作用。

在他自己看来，自己只是个普通人，做的也都是些平凡的小事，能够解决人家的难题，是一件很愉快的事。

在社区工作人员的眼中，他是位实干的热心人

"疫情发生以后，谢隆标主动报名担当志愿服务，每天从早忙到晚，特别是今年以来工作任务繁重，白天在核酸检测点进行志愿服务，晚上又前往街道协助数据统计、人员摸排，社区能有这样一位老兵的助力，我们感到很暖心、很舒心、很放心。"鼓楼区水部街道人大工委主任林子英感叹。

其实不仅是在凯旋公寓，听说社区要前往市老年活动中心设立核酸检测点，谢隆标也主动联系、积极报名前往服务。在这里服务的对象是全体居民以及过路人员，其中有不少老年人，工作强度特别大。他充分发挥自己往年参加类似活动的经验，耐心、细致、主动、热情，老年人年纪大了听力不佳，有时一句话要重复四五遍，一件事要再三交代，他全身心地投入，不辞辛劳、不怕麻烦，满腔热忱得到老年活动中心的工作人员及社区工作人员的一致好评。在谢隆标的心中，人生最大的意义就在于设身处地为他人着想，人生最大的幸福就是以己之力给别人幸福，人生最大的快乐就是倾心全力去制造快乐，为着这个目标，他一直在奋进，一直在奉献。

仔细算起来，谢隆标从事抗疫志愿活动已经有 3 年时间了，早在疫情初次暴发的 2020 年春节，回到老家准备陪伴父母过年的他就提前返程，与社区联系，主动请战，辗转于梦山新村、光荣小区、大梦山小区等区域，分发宣传手册、张贴宣传标语、上

门走访居民、解答百姓咨询，手持额温枪为来往的人员测试温度、查验健康码和行程码，甚至还背起喷雾桶对小区进行全面喷药消杀。他一连奋战20多天，整个春节期间都投身于抗疫工作。在这20多天里，他早出晚归，连日辛劳，有亲戚劝他休息一下，他却说："要做好一件事，开始时的斗志很重要，但更重要的是长期保持这种斗志，关键的是要有坚持不懈的毅力。行百里者半九十，畏惧艰难浅尝辄止，永远无法看到最终的理想结果。把开始时那一刻的勇气，变成此后长期的坚持，这样才有机会去拥抱美好的未来。"

辛勤的汗水换来的是百姓的平安，2020年5月，他被福州市文明办授予"福州市战'疫'最美志愿者"的称号。

在公司同事的眼中，他是位苦干的带头人

"在公司里，虽然他是副总经理，但我们都不称呼他的职务，而是亲切地叫他'标哥'。除了经营业务，公司里的一些大事小情，都能看到标哥的身影，他是我们公司里埋头苦干的带头人。"公司的同事们都这样说。在谢隆标看来，一个公司就是一个大家庭，公司里的每一位成员都是家庭中的一员。全社会都在抓抗疫，公司内部当然也不能放松。每天上岗前的测温和查验健康码、行程码，只要有空他都亲力亲为。公司内外的消毒喷药，他也时常亲自上阵。他不仅自己主动参加社会上的志愿服务，还时常鼓励动员公司的员工一起参与。员工小郑清晰地记得：那是清

明节之前，标哥突然打来电话，说明天社区需要志愿者，问他有没有时间。他当即满口答应。第二天小郑早早地赶到社区，却看到标哥已经投入到紧张的准备工作之中。他立即套上红马甲，与标哥一起手持额温枪站在核酸检测点前，为广大市民服务。

一花独秀不是春，百花齐放春满园。在自己积极参加抗疫工作的同时，谢隆标还在公司上下广泛宣传出主意想办法让大家一齐参与。这不，听说仓山区政府要对一线抗疫人员进行慰问，谢隆标立即向公司管理层提出建议，参加这次慰问活动。公司出资出力，准备了2000多元的抗疫用品，与区领导一同前往抗疫各个站点，送上慰问品，表达对一线抗疫医护人员及社区工作者的敬意。生活千种，人生百态，你怎样看待世界，世界就会怎样对待你。心有阳光的人，不但能给身边的人带去温暖，自己也会被这阳光滋养着。

在妻子的眼中，他是位充满爱心的好男人

谢隆标的妻子是位白衣天使，在医院工作的她当然知道抗疫的重要性，因此对于丈夫成天在外忙碌她是一百个支持。夫妻俩各忙各的，她在医院里是业务能手，他在社区是热心人，两人忙起来昏天黑地，一日三餐都在外面吃，直接把孩子交给了老人看管，他们则是在各自的岗位上无私地奉献。夜晚两人拖着疲惫的身躯回家倒头就睡，第二天起个大早又赶往工作地点。

丈夫在外苦干巧干拼命干，妻子在单位也不含糊。早在2020

年春节期间，医院要派人前往武汉支援，在丈夫的支持下她也报名请战，只不过名额有限她最终未能成行。在医院里她也是业务骨干。面对反复发作的疫情，面对一系列不确定因素，夫妻俩相互支持相互鼓励相互促进，都在辛勤地耕耘着。提起谢隆标在抗疫工作中得到的荣誉，她笑着说："其实这不算什么，他就是这么个闲不住的热心人！"早在20世纪80年代他们还在谈恋爱时，他就热切地向她介绍自己参加的献血宣传公益活动，说起来眉飞色舞，侃侃而谈，仿佛是他的家里事一般。结婚后不久，有一年过年两人一同回家乡与父母团聚，村里一户人家电路老化发生了火灾，他闻讯后立即冲向火场，一面叫人报警，一面寻找救火工具开展灭火，在他的带动下，前来救火的人越来越多，经过众人齐心协力的扑救，大火被扑灭了，未造成人员伤亡。

在谢隆标看来，他这一辈子没有什么遗憾，唯一的不足就是对家里亏欠太多，当兵多年本就很少回家，之后参加工作常年在外奔跑，好不容易春节假期可以与家人团圆了，却又遭遇疫情，为了大家的安康只好有负小家。他说每次在外奔忙，抽空打电话给家里时，妻子总是说家里有她尽管安心。他也想有个安稳幸福的家，只要有空闲，他都会待在家中为全家人做一餐可口的饭菜，或是带着家人一起出去走走逛逛。

一个人的快乐仅仅是快乐，两个人的快乐是分享快乐，三个人的快乐则是幸福炽热的快乐。如果把这家庭中的快乐分享给社会上的每一个人，就变成了美好的祝福与希冀。

人生不可能总是顺心如意，但朝着阳光走，影子就会躲在后面。迎着阳光，有时光芒刺眼，就像生活中遇到的各种小小挫折，但那毕竟是正确的方向。朝着自己的目标前进，微笑挂在嘴边，自信扬在脸上，行动落于腿脚。"今日痛饮庆功酒，壮志未酬誓不休。来日方长显身手，甘洒热血写春秋。"京剧《智取威虎山》中杨子荣这段充满激情的唱段是谢隆标内心真实的写照，当前疫情仍有反复，抗疫工作一直是重中之重。作为一名共产党员、一名退役老兵、一名勇于奉献的志愿者，谢隆标依然在关注着疫情的发展变化，关注着抗疫工作的需要，时刻准备着冲锋陷阵，有信心打赢下一场抗疫之战。

柳兴路上热心人

——记兴园社区退役老兵王少奇

◇章礼提

在鼓楼区兴园社区的柳兴路上，或在"柳兴人家"的小区里，经常会看到一位身披着"社区志愿服务工作者"红绶带的大叔，热心地劝导人们遵守交通规则，维护好道路绿化与环境卫生，当一个文明的福州人。他就是兴园社区的退役老兵王少奇。

王少奇，1958年5月25日出生于原福州市郊区洪山镇黎明大队柳兴生产队（现为福州市鼓楼区洪山镇兴园社区"柳兴人家"）。王少奇的父亲王发炎，曾担任过洪山镇黎明大队的大队长多年，王少奇兄弟姐妹共有六人，他排行老四，从小就受到良好的文化教育。

1976年初春，正在福州市第二中学读初中的王少奇，听从父亲的安排，辍学回家务农，跟随父亲种地、养鸡和养鸭。年底，响应征兵号令，踊跃报名参军，经过严格政审和体检，光荣加入了中国人民解放军第31军，在厦门工兵营工程连服役，学习扫雷，在两年多时间里，掌握了许多扫雷技术。

时光流转到 1978 年 12 月，对越自卫反击战在广西打响，王少奇主动请缨，听从命令，前往广西，加入中国人民解放军第 55 军，成为一名步兵，然后随军出征，多次参加战役。

王少奇参加对越反击战，历经 50 多天，作为一位老兵，多次冲锋在前，曾在一次战斗中受伤，荣立三等战功。对越反击战，虽然已经过去了 40 多年，但王少奇记忆犹新，时常怀念在战场上牺牲的战友。王少奇说，在和平年代，一定要珍惜来之不易的平静生活。

鉴于在战场上的勇敢表现，王少奇被列为入党积极分子，并于 1980 年 1 月，正式加入了中国共产党。1981 年 10 月，已在部队服役 6 年多的王少奇光荣退役，依依不舍地离开了部队和相处多年的战友。王少奇回到福州市柳兴村，成为黎明大队养鸡场孵化工人。

1985 年，福州啤酒厂建成，王少奇成为福州啤酒厂的一名包装工人，几年后担任包装车间第三小组的组长。王少奇在啤酒厂工作十几年，多次被评为先进工作者和优秀共产党员。

2009 年 10 月，福州啤酒厂搬迁至连江，当时已五十出头的王少奇，买断工龄回到村里再就业，经过朋友介绍，在一家公司帮忙做些管理工作。时任兴园社区主任的陈红梅，听说王少奇是位热心人，为小区做了许多好事，便请王少奇协助社区服务群众，于是王少奇就成为一名社区志愿服务工作者，活跃于社区一线。

十几年来，王少奇作为一名退役老兵，不忘初心、牢记使命，为文明城市建设，也为平安社区，默默奉献自己余热，得到了社区党组织充分肯定和居民们称赞。

柳兴路上"柳兴人家"，那是王少奇居住地，兴园社区领导安排王少奇担任公寓楼栋长，王少奇时刻把小区居民的生活冷暖挂在心间，在小区内走访入户，掌握流动人口、常住人口信息，王少奇成为小区的活地图。王少奇还通过拉家常方式，了解居民日常生活，把收集到的社情民意，第一时间向社区反映，协同社区帮助居民解决烦心事、急难事。王少奇虽然没有读几年的书，但他却十分关爱青少年成长，特别是外来工子女，经常收集小区居民闲置图书与玩具赠送外来工子女，鼓励他们努力学习。

在新冠疫情防控工作中，王少奇秉承"奉献、友爱、互助、进步"的精神，在全民核酸检测期间，王少奇主动加入社区疫情防控志愿服务队伍，在检测点维持秩序，协助居民信息录入等，与社区工作人员一同奋战在疫情防控第一线。

兴园社区所辖 22 个小区，在疫情期间需全部开展无疫小区创建，为筑牢疫情防控"最后一公里"，王少奇积极参与无疫小区宣传、值守，长期坚守岗位，以高度的责任心和良好的精神状态，投身于无疫小区创建。王少奇严格执行"亮码扫码、测温、戴口罩"制度，引导居民群众做好个人防护，不聚集、不扎堆；认真盘查异地入榕车辆，详细询问行程码及健康码，积极提供有效防控疫情线索，落实"八个有"和"五个一律"工作要求，筑牢社区疫情防控最后一公里。

作为柳兴路和小区安全宣传员的王少奇，每次台风来临之前，都拿起小喇叭、扩音器，在路上或在小区内循环播放安全通知，然后挨个楼道认真检查，看一看是否有高空坠物的隐患，时时提醒居民，收放物品，避免造成不必要损失。同时帮助小区物业，对地下车库堆高沙袋，协助物业恢复灾后环境卫生。

多年来，王少奇积极参与城市文明建设志愿服务，常常在柳兴路，乌山西路与二环路交界口安全岛，疏导交通，倡导过往群众和车辆文明出行，遵守交通规则，对违反相关规定的行为者，进行耐心劝导。

一天下午，小雨不停地下着，王少奇刚走出家门，见有一对上了年纪的残疾人在路上徘徊，看上去很是着急。王少奇上前一问才知，那对残疾人要去福州市残联办事，走错了路，问了许多人，都不知残联在何处。王少奇也只知道残联的大致方向，具体位置也不清楚，只好带着那对残疾老人，一路询问才找到了残联，事情办好之后，王少奇还把两位残疾人送到汽车北站，扶着两位残疾人上了车才离开，让那对残疾人感动不已。

山美、水美、家园美，那是文明城市建设目标之一，王少奇积极参与"护河爱水，清洁家园，鼓楼在行动"的社区建设活动，听从社区领导的安排，深入到各个小区、辖区内各路段、各小巷，认真清理小广告，搬走废旧自行车和废旧家具等物品，为小区美好环境和福州城市文明建设做出了积极贡献。

王少奇是一名退役老兵，也是一位不忘初心的老党员，洪山镇的党代表。王少奇退伍不褪色，凡事都冲在最前头，成为柳兴路上和兴园社区居民们赞不绝口的热心人。

　　兴园社区工作人员小谢说："王少奇是社区志愿服务工作者先进人物之一，我们社区里还有许多像王少奇那样的志愿者，长期无私地服务于社区建设，为创建文明城市和平安社区做了许多事情。虽然不是什么惊天动地的大事，但文明城市建设和平安社区创建，需要像王大叔那样的志愿者，他们的无私奉献，值得我们学习和大力宣传。"

　　王少奇谦虚地说，他只是一位非常普通的退役老兵，当他做了一些小事，得到了人们称赞时，他心里就会感到特别高兴，今后他还会努力，继续为社区建设做好事和实事；还会动员家人、亲戚朋友和身边的福州人，加入社区志愿者服务队伍，为建设自己的家园和福州文明城市添砖加瓦……

谁说站在光里的才是英雄

◇林丽钦

　　古老清悠的乌山脚下有一个不起眼却热闹的院子——福州市信访局。门口几棵墨绿葱茏的大榕树将浓密的树冠探进院子，但里面却没有诗情画意。进门的水泥空地上站着不少面色凝重的来访群众，略显陈旧的半拱形大厅上嵌着"信访接待厅"五个红色大字，两排蓝色座椅沿着半拱形大厅外侧展开，上面也坐满了各怀心事的来访人员。这里看不见世俗喜乐，因为来的人都怨愤满腹，不少人正酝酿着情绪上的暴风骤雨。这是 2009 年从武警部队转业到福州市信访局的王炳兴每天上班要面对的熟悉场景。今年是他在信访局工作的第 13 个年头。

　　这是一个普通的星期五早晨。几乎与王炳兴同时到达福州市信访局门口的是三四十名某运输公司的退休职工，他们是今天的第一波群访人员。办公室接访开始之前，仪容干练的王炳兴走到群众中间，试图先行了解与安抚，但他对政策的耐心解释很快淹没在纠缠争辩的声浪中。虽然他本人并不是造成群众愤怒的原因，但必须面对同样的怒火。群访人员情绪激动、声音高亢，你

161

一言我一语汇集成满院大哗的声浪。一名高大的男子抖着手中的补贴金额表，面红耳赤地对着王炳兴大声叱责着原单位的领导，旁边围着一群同来的上访人员，他们高声附和着。

"这么多人在这上访，你们什么时候才能吃饭？"眼见中午临近，我看了看手表。

"他们走了我们就吃饭。"王炳兴淡淡地说。

"他们如果不走呢？"

"等他们走了才能吃。"王炳兴重复了刚才的回答。

而这，只是这一天里的第一波群访者。那天上午一共来了三波，下午又有两波。群众的焦虑情绪不会因为下班时间到点就戛然而止，所以信访工作没有固定的下班和吃饭时间。

来到信访局的将近5000多个日夜，王炳兴接待了上万名形形色色、诉求各异的信访者。有的是一个人来访，也有的是三五个人，多的时候是几十人上百人一起上访。他们反映的问题，涉及企业改革、城市拆迁、土地征用、经济合同纠纷、交通安全事故处理、拖欠工程款、农民工工资、干部职工养老、故意伤害以及邻里纠纷等方方面面。有一些是合理合法、比较通情达理的信访者，也有些妄图以闹取利、撒泼难缠的闹访者。

作为一名服役20多年的军人，这里是王炳兴的另一个战场。只不过，这个战场没有征战杀伐而要春风化雨，每天与各种负面情绪周旋纠缠，在杂沓喧嚣的鼎沸民情中分真假、辨是非，难免形神俱疲，心力耗竭。面对汹涌的纠结和难解的愁容，最难的是保持平静和理性。有时候，王炳兴觉得自己也需要一个心理医生。但他深知，这个几乎毫无门槛的反馈系统，寄托了群众太多的期待，每一个难解的信访事件背后都是沉甸甸的责任。同时，信访工作是党和政府体察民情、联系群众的重要渠道，容不得半点急躁、冷漠和不专业。他们的一言一行都关乎党和政府在群众心中的形象。

2015 年担任信访局接访处处长以来，王炳兴接待处置了 200 多起群体性上访事件，召集和参加各项信访工作协调会 500 多场次，有效化解信访事项 330 多件。撰写综合分析材料、专题报告 90 多篇，提出合理化建议 40 多篇。

大量的信访接待并没有消磨王炳兴的初心和耐心，他始终牢记"为民解忧、为党分忧"的职责使命，始终牢记"信访工作的首义，在于时刻把自己看成人民中的一员，把心贴近人民"的嘱托。对于每一个焦虑的诉求，不管来的是一百个人还是一个人，他都尽量在一团麻絮中厘清宿弊，抱持知其可为而倾力为之，知其不可为而尽力为之的责任感，对于个人生命的灾厄困顿，始终抱有天真明亮的同情与责任。

2018 年 8 月 7 日上午，鼓楼区安泰街道的刘某抱着 79 岁、体弱多病的老母亲来到市信访局，反映其居无定所，无法照顾年事已高、身患多种疾病的老人，要求尽快安排一间临时过渡房。王炳兴耐心听其诉说，在接待过程中了解到其母林某，户籍在台江区鳌峰街道集体户，无固定住房，身患高血压、糖尿病等多种疾病，现因脑出血中风瘫痪，已基本丧失自理能力。而刘某为刑满释放人员，无固定工作和收入，也无固定住房，母亲林某中风前一直由其照顾护理，目前已无法负担，无人愿意租房给他们，无处安身，生活极其困难。针对这一情况，王炳兴多次与相关职能部门进行协商，召集会议研究该信访事项，并多次上门到市民政局、鼓楼区民政局、安泰街道、台江区民政局、鳌峰街道等单位协调，最终将老人送到仓山区安心护理院，解决了老人的居住和护理问题。

2019年3月，王炳兴在窗口接待了拆迁户官某等人。他们反映的是拆迁安置房多年无法办理产权证的问题。经向有关部门进行核实，他了解到官某等3户已于2002年足额缴交了购买公房产权款，但因开发企业倒闭，相关材料缺失，导致他们10多年一直无法办理不动产权证。

"群众合理的诉求，再难办也要想办法解决，有责任我们来担！"在协调会上，面对相关职能部门，王炳兴以军人的耿直与雷厉风行为他们大鸣不平，要求特事特办、马上就办。根据市里有关解决历史遗留问题的政策规定，部门想办法、信访局出纪要，事情很快就有了结果，拆迁户于2019年6月顺利办理了安置房不动产权证。事后，官某等人送来了"忠于职守，为民解忧"的锦旗。但这面锦旗，带给王炳兴的沉思多于欣慰：很多问题，老百姓本来可以不用上访，很多问题，我们本来可以做得更好的……

当面对咄咄逼人的谩骂、指责和暴力，他认定以心换心才能以理服人。

2018年7月9日，农民工张某及4名家人，抱着遗像来到市信访局，拉起横幅，摆出鱼死网破的架势。当王炳兴上前了解情况时，张某一把抱住他的大腿满地打滚，其家人也都吵吵闹闹，场面一度失控。在这种情况下，情绪失态和"冷处理"都极易激化矛盾。王炳兴蹲下身来，细心地和张某沟通交流，耐心地进行劝导。一番坦诚而关切的话语让激动的张某慢慢平静下来。经了解，其丈夫黄某于 2018 年 7 月 4 日在长乐区吴航不锈钢制品有限公司施工过程中意外摔死，由于家属与责任方无法达成一致意见，且家属不愿意通过法律途径解决，故采取上访的方式。照理说，这是一起涉法涉诉类的信访诉求，应该依法通过法律途径解决，但王炳兴认为："要想说服信访人，首先要说服自己。"他站在信访人的角度思考：一个家庭，家里的顶梁柱突然没了，失去了最大的经济支柱，希望得到高一点的赔偿可以理解。而信访工作者，不能因为有政策依据，就把群众往外推。于是，他一边给张某解释政策、安抚情绪，一边联系长乐区安监、街道、信访和责任单位共同研究解决方案，通过积极不懈的努力，最终双方达到了赔偿协议。

事后有人问王炳兴："她当时那个样子，又是骂又是撒泼的，你怎么还这样关心她、帮助她？"王炳兴说："我们不能单凭群众对自己的态度办事，她的行为虽然是不对的，但她也确实面临着困难，作为党员干部我们应当帮助她、关心她。"

有一次，王炳兴刚到单位就发现两个月前上访的某小区居民又聚到信访局门口，他的心立刻揪了起来。但这一次他们一扫原先的愁容，神情愉悦地告诉王炳兴："王处长，您放心，今天我们不是来上访的，我们要来感谢政府，谢谢你们把我们的事当成自己的事来办，真正体现了'马上就办、真抓实干'的精神!"听了群众的感言，一种温暖的喜悦在王炳兴和其他信访干部的心中清晰地升腾起来。

2021 年，王炳兴获评福州市最美退役军人和福建省"最美退役军人"提名奖，2022 年又被评为全国信访系统"优秀接谈员"，还有多年来群众送来的数十面锦旗和"不忘初心的人民公仆"的赞誉，都是党和人民对一位军人的韧性和信访工作者润物无声的嘉奖和肯定。

2022 年中考刚过，一所中学 200 多名家长因为校舍危房的事情集体上访，接访僵持到了凌晨一点。处理完以后，王炳兴和他的同事终于在漆黑微凉的夜色中踏上了回家的路。这是一条充满疲惫的寂静之路，也是通往一线抗压的咽喉和畏途，但王炳兴相信，天亮以后，会有更多的欢声笑语在这座美丽的城市脆亮地响起。

谁说站在光里的才是英雄!

真心英雄邓学平

◇李 颖

乌龙江畔，橘园洲西侧桥头下的港湾中，有一座不起眼的船型屋子，那是福建省星光救援队的水域基地。汽车无法开到江边，要下车走一小段路，再踏上一座架在废旧轮胎上的浮桥才能到达基地。秋日的下午，我摇摇晃晃地走过浮桥，来这里采访一位退役军人。远远地看见有人站在船屋门口，我第一眼就认出了他，因为来采访之前，我看了一篇有关他摘除马蜂窝的事迹报道，上面有照片。穿着救援队的灰色蓝标队服，中等偏上的个子，黑红的脸庞，双眼不大但炯炯有神，笑起来有些腼腆，与他魁梧壮实的身材似乎有点不匹配——这是我对星光救援队队员、退役军人邓学平的第一印象。

挺身而出，不负韶华

邓学平所在的福建省星光救援队发源于 2008 年汶川地震救援，2015 年 6 月正式成立，由退役军人和热爱公益事业的爱心人士组成，是一支担负着公益救助、抢险救灾、自然灾害救援、应急培训的公益志愿者服务队，目前拥有来自社会各行各业专业救援队员 86 名，志愿者 285 名。成立以来，救援队先后赶赴多地完成多起台风、地震、泥石流等重大自然灾害抢险救援任务。

邓学平曾经是一名武警消防战士，1994 年入伍，1997 年退役，他先是在国企工作，后来自主创业。2019 年，机缘巧合接触到星光救援队，很快就毫不犹豫地加入了这支队伍，现在已经是救援队的中坚力量。邓学平说，他是被欧阳书记和队长"忽悠"着上了星光救援队这条船，下不去了。我们几个都笑了。欧阳书记看着他的得力干将，脸上露出些许得意。

生命至上，大爱无疆

福建省星光救援队作为福州市 110 的联动单位，以及福州市、闽侯县应急管理局正式授牌的社会应急救援机动队伍，是警力和政府救援的有效补充。收到险情通报，他们会第一时间发布在救援队的工作群里，队员们主动接龙，迅速前往。邓学平在部队时就非常优秀，入伍的第二年就当了班长，他底子扎实，水性好，经验足，综合素质高，同时，勤奋好学，善于总结经验教训，是一位难得的全能型队员。3 年多来，邓学平多次参与山地救援、水上救援、自然灾害救援等。目前，邓学平主要侧重负责水域救援工作并担任培训教官。

2020 年 5 月 31 日下午 4 点多，福州市 110 指挥中心连线星光救援队称，几位驴友从溪源宫徒步进山后受伤被困，急需救援。邓学平和队友们火速集结，在领队李立新的带领下冒雨进山搜救。按照驴友提供的地点，于当晚9点在大青坑的一个峡谷底找到被困者。此时，其中一位驴友因脚踝受伤，无法行动，邓学平他们立即给伤者的脚踝进行冷敷处理，并将他抬上担架固定住。由于山路险峻，很多路段担架无法通过，邓学平就和队友们轮流背着伤者行走。当晚雨大路滑，星光救援队的队员们出现体力不支的情况，但是，他们以强大的意志力克服自身的不适坚持着，终于在凌晨1点多，将驴友安全带出大山，送往医院。事后，驴友称赞他们是"最可爱的人"！

2021年7月，台风"烟花"登陆我国东南沿海，在党支部书记欧阳光的带领下，救援队本着"一方有难、八方支援"的精神，快速集结队伍，赶到浙江省诸暨市，与当地的救援力量共同展开救助。7月25日傍晚，劳累了两天的队员们筋疲力尽，正准备吃口热饭，饭还没有扒拉几口，就接到消息："有一名孕妇被困！急需救援！"邓学平二话不说，主动请缨，带队前往。当时，事发小区的水位已经涨到七八十厘米深。在大风大雨中，他们驾驶冲锋舟进入一片汪洋的小区内，用扩音器反复喊话，一路搜寻，终于找到了这名孕妇和另一位被困老人，将他们送到安全地带。

2022年3月7日凌晨4点多，星光救援队接到福州市110指挥中心的指令，称湾边大桥附近有一男子跳江，而后自己报警求救。当时值班的是副队长王海滨，他立即组织带领邓学平等几人组成的救援小队赶往现场。原来，跳水的男子是在福州打工的外地人，当晚因工作原因心情郁闷，一时想不开从大桥一跃而下。跳下的瞬间他就后悔了，落水后奋力游向桥墩，所幸当时是平潮，水流缓慢，他费力爬上大桥基座后打开背包，发现手机还能使用，立即报警求援。邓学平他们将跳水的小伙子安全带回到基地，安排他洗了个热水澡，换了一身衣服，又煮了热腾腾的粉干给他吃。南屿派出所的民警也赶来，大家一起宽慰他，给他做思想工作。小伙子劫后余生，眼含热泪，感恩警察和星光救援队给了自己第二次生命，承诺一定好好活着。

2022 年 6 月，三明市沙溪水位上涨，洪峰来袭，三明市城区受灾严重。邓学平与队员们第一时间到达，涉水行舟，开展救助……

这些年，那么多次救援，一次次用心相助、用爱守望，丰富了他们的人生，有自豪有无助，有成功有遗憾，有感动有难过——他们讲得波澜不惊，我却听得胆战心惊，不由得想起了一句话：哪里有什么岁月静好，只不过是有一群人在负重前行，为我们披荆斩棘、保驾护航！

这几年，邓学平的大部分时间都献给了星光救援队。他甚至把公司搬到位于闽侯的救援队基地附近，平日里经常先到基地报到，再回公司处理事务。周末他至少会抽半天时间，开展救援队"老带新"培训以及自身素质强化等。其实，加入救援队之前，因为邓学平熟悉消防安全、地下管道等知识，就经常为社区居民群众提供应急救援保障服务。2019 年以来，他为社区举办过 10

多场医疗急救、家庭消防、自救等知识培训课和消防安全演练，帮助提升社区干部、小区物业的消防安全技能。当得知老旧小区内涝，他会第一时间主动前往排查内涝原因，解决问题。2020年新冠肺炎疫情暴发，他带着救援队员、志愿者，在风雨中为温泉社区的7个小区搭建救灾帐篷；为东大社区居家隔离对象提供上门服务，并协助社区开展多场全员核酸检测工作。这种事例数不胜数。

哪里有需要，邓学平就在哪里。近几年他带着队员，多次摘除马蜂窝，被人们亲切地称为"清蜂侠"。最近一次，居民报警说在鹤林新城菜市场附近的树上发现5个马蜂窝。邓学平带队前往，对所有马蜂窝进行了无害化处理后，刚把防蜂服脱下，几只马蜂从防蜂袋里钻了出来，在他的肚子和手指上连蜇了几下。还好队友们经验丰富，马上把毒刺挑了出来，对伤口进行消毒处理，才没有出现严重的过敏症状。

邓学平虽然退役了，但骨子里他仍然是个兵，永葆军人本色，敢于牺牲、乐于奉献；作为一名共产党员，他心里始终装着人民，在平凡岗位上以一颗对党和人民的赤诚之心，展现了当代退役军人的风采。2008年6月，邓学平被授予"福州市直机关优秀共产党员"称号；2020年11月，他所属的星光救援队党支部被中共福建省委、省政府评为"福建省抗击新冠疫情先进集体"；同时，被中共福建省委授予"全省先进基层组织"荣誉称号；他还多次被星光救援队评为"优秀队员"。欧阳书记如数家珍，夸赞着爱将，却不时被邓学平打断。他说："跟老队员相比，我入队时间短，都还在学习过程中；救援靠的是集体的力量，一个人是没有办法完成的。说实话，我很感恩来到星光救援队，在这里，我的心特别的安宁平静，似乎我原本就应该属于这里。"

学好本领，随时待命

救援队有个工作量计算方法，就是工作 1 个小时算 2 个工时，邓学平的工时数在所有的正式队员中名列前茅。至 2022 年 9 月，邓学平累计有 1113 个工时。也就是说，不到 10 个月的时间里，邓学平已经至少花费了 550 多个小时在公益救援事业上，到底是什么样的挚爱和动力，才能够让一个人不顾自身安危、无怨无悔，无偿地投入到公益救援事业呢？

今年 46 岁的邓学平，有贤惠的妻子和可爱的女儿。一开始，家人不理解，说他也没工资，天天忙这些事，又危险……他就把救援经历讲给家人听，把学到的安全知识教给女儿，时间长了，妻子和父母也都理解和支持了，女儿还说将来要像他一样参加公益救援队。

"邓教官，您想过退出救援队吗？"我问。

他毫不犹豫地说："没有想过这个问题，干到干不动为止吧。"

我又问："那您当初为什么会加入星光救援队呢，是为了被救助者感谢你们的时候，收获的那份成就感吗？"

他边想边回答我："其实，我们被当面感谢的时候并不多，在灾难面前，人的生命非常脆弱。很多时候，我们虽然尽力了，但是并没有挽救生命。尤其是水域救援，黄金救援时间在 4 分钟左右，从我们接到任务，火速赶到现场，再实施救援，基本上已错过了黄金救援机会，落水者生还的可能性很小。家属们看到亲人遗体，悲痛不已，根本顾不上感谢我们。每当这个时候，我们也非常难过，有一种无能为力的挫败感。生命救援就是与时间赛跑，与命运抗争，但是，总是有跑不赢、争不过的时候。少数幸运的落水者被我们救上来，他们会真心感谢我们，甚至有人给我们下跪。很多跳江轻生的人被救之后，说其实在跳下去的那一刻就已经后悔，痛哭着保证以后会好好活着。"

邓学平沉默了一会儿，接着说："我其实没有想过为什么会加入星光救援队，好像加入是理所当然的事。也许 3 年的当兵生涯是我救援梦的开始，参加星光救援队则是我追梦的延续吧。公益救援工作最大的魅力在于，我觉得自己被需要。"

我们一起静静地迎着江风，望着乌龙江宽阔平静的水面，似乎过了良久，邓学平又补充说："或许也是因为，我不甘心当兵练就的一身本领就这样在朝九晚五的日子中消磨，当我们老了，总要留些不一样的人生经历给自己来回忆吧。"

优雅的转身

——记凤仪社区"最美退役军人"谢守新

◇江　榕

俊毅的面容、铿锵的步伐、挺拔的身姿，他们是这个时代最可爱的人。当军人的光环退去，回归百姓的平淡生活，他们依然秉持军人的优良品格，在各行各业发光发热，创造社会价值，书写自己的精彩人生。谢守新就是退役军人中的一员，他被赞为"2022年福州市鼓楼区凤仪社区最美退役军人"。

勇于拼搏，屡立战功

1980年出生于三明市建宁县客坊乡里元村的谢守新，从小就怀揣着当兵的梦想，18岁那年收到入伍通知书，毅然加入武警福建省总队福州市支队。在新兵训练时，他一直严格要求自己，刻苦训练，摸爬滚打、挥汗如雨都是家常便饭。他说："那是在部队最艰苦的3个月，当时营区连自来水都没有，也没有澡堂，冬天都是用山上的冷水洗澡。"这一段历练和蜕变的过程，铸就了他坚强的意志力，练就了强健的体魄，掌握了扎实的本领。

1999 年 3 月谢守新新兵下连被分配到机动中队，2000 年底就顺利加入中国共产党，成为一名党员。他在军中主要负责社会治安、警卫、守卫、押运押解，在抓捕犯罪嫌疑人时，都是用真枪实弹。比如当年在福州抓赌、夜场扫毒，尤其是参与抓捕青口"哑巴帮"，彼时武警出动十几辆警车和公安配合，直接定点定时围捕，惊险程度堪比"港片"。

凭借坚持不懈的努力和出色的表现，谢守新多次被评为"优秀士兵"，在竞技比赛和文艺汇演中都获得过三等奖。他在 2001 年 1 月转一级士官，2002 年年底在新兵连带兵，被评为"优秀班长"，这两年参加了多次处突和警卫任务，因表现突出荣立个人三等功一次，2003 年参加沈阳武器装备押运任务荣立集体三等功一次。

传承军风，艰苦创业

2010 年已是三级士官的他光荣退役。为了更好地照顾家庭，谢守新决定自主创业。他发现鼓楼区铜盘路周边没有烤鱼店，经过慎重考察，他决定抓住商机，开一家主打烤鱼和川菜的餐饮店。由于创业资金有限，他租下一间 70 平方米的店铺，有限的空间只能摆下三张桌子。开业后生意很好，时常要把桌子摆到店门口才能容纳得下客人。刚开始请不起员工，他就和爱人分工，每天起早贪黑连续工作十几个小时。一年半后，他的店扩张转移到凤仪家园附近，逐渐发展成今天的大规模。

在一个初秋的傍晚，我来到了这家店。宽敞明亮的店面由三面落地窗组成，右边落地窗上挂着"兰亭序"的匾牌，窗内两排古典雅致的吊灯，别致温馨的装修彰显店主的用心和品味。门店旁是谢守新特设的"爱心茶摊"，过往居民可以随意取用。特别是每年最热的三伏天，福州地区气温一度飙升至 35 摄氏度以上，为了让居民知晓爱心茶摊，他将印有"爱心茶摊送清凉"的招牌醒目地贴在龙庭渔府的玻璃门上，免费供过往居民、环卫工人、出租车司机、小商小贩等消暑解渴。走进店门，两面偌大鲜红的锦旗，赠语上分别写着"学习雷锋精神的敬老楷模""热忱待客，厨艺超群，物鲜味美，价格公道"。

此时，谢守新刚骑着电动车载回放学的儿子。他的儿子正在读初三，身高已像高中生，在福州市足球队当第一前锋，获得了省市里诸多荣誉。他在最初取店名时，就不假思索地以儿子的名字"龙庭"来命名。儿子十分支持他做公益，在学校的作文中时常提及父亲是如何教育引导他。谢守新要求儿子严于律己、要有正能量，父子俩的相处模式更像是朋友，他以儿子为骄傲，儿子也以他为榜样。

谢守新感慨地说道："现在酒店的面积是 400 多平方米，创业初期真的很辛苦，那几年真的是以店为家，一家三口每天晚上都挤在店铺的一个小隔间里，一住就是 4 年多。餐饮服务行业很特殊，越是节假日越忙碌，说来惭愧，我很久没陪父母过过节了。"他把经营这家店当作事业在坚持着，龙庭渔府老街坊餐饮店能成为 11 年老店，在福州实属不易。要知道，现代餐饮业日新月异、竞争异常激烈，客人对饮食的要求总在不断地提升。与时俱进、推陈出新，才能满足大众的味蕾需求。2019 年度"民以食为天，食以安为先"福州市"舌尖上的美食"网络宣传评选活动，"龙庭老街坊"获得"舌尖上的美食"荣誉称号；2022 年人气美食节目《福建直通车》将之评为"荣誉商户"，福建新闻频道予以报道。

他说开店最欣慰的不光是营业额的增长，而是与店员深笃的情谊。店里的主厨唐师傅从开店起就跟随着他，闽菜、川菜、农家菜做得十分地道，赢得顾客的交口称赞。前厅的木桂姐跟随他已有八九年，勤勤恳恳、兢兢业业地工作，从来没有抱怨过。谢守新对待员工，就像对待家人一样关切，相处十分融洽。

诚信经营，公益为民

他深刻牢记着军人的宗旨，全心全意为人民服务。"热心助人""爱岗敬业"等标签词都是凤仪社区居民为谢守新"贴上"的。

2019 年 3 月 5 日，福州民间传统节日"拗九节"，为传承尊老敬老、崇尚孝道的社会风尚，谢守新主动联系凤仪社区党委，共同开展了"拗九粥香在渔府，关爱浓情满凤仪"活动。活动现场，龙庭渔府免费为老人们端上一碗碗热腾腾的"拗九粥"，表达敬意与祝福，让受助群众感受到了党的温暖和社会的关爱。

凤仪和凤舞两个小区各有一户老人家是革命老同志，都已近耄耋之年，行动不便。谢守新每个周末都会送菜上门，拗九节亲自送粥。老人家每次都会握着他的手、说着感谢的话，不是亲人胜似亲人。他的事迹得到了社会广泛的关注，《海峡都市报》《福建日报》《福州晚报》都争相采访报道。他表示会将公益一直做下去。

作为20年的老党员，他的店两次被鼓楼区评为"党员诚信店"。他的经营理念是"诚信第一、口碑第一"，他相信只有得到大众的拥护，生意才能做得长久。客人落下的贵重物品，如手机、钱包等，他们都会主动联系，久而久之，获得客人的信任。时光荏苒，与福州已相知相融二十几个春秋，他早已将这视为第二故乡，把街坊四邻看作亲人朋友。老话说得好，远亲不如近邻，他的客源主要还是周边的街坊邻居，这家店成为他们的第二食堂。

"爱人者，人恒爱之，敬人者，人恒敬之。"他说最令他感动的是一位阿姨，把他当作朋友一般分享自己的人生经历，对他的创业艰辛和为人表示高度认可，阿姨还会把同学聚餐安排到他店里，他也会礼尚往来地给予打折、赠送小菜，还会建议他们到店铺后面的大腹山步道公园散步，很多老顾客都喜欢在他店里办家宴和各种聚餐，来过的客人除了夸店里的菜色正宗美味，还为谢守新的谦逊有礼、富有爱心所折服。

谢守新看到吃完饭的客人，都会笑容满面、彬彬有礼地相送。他是福建省餐饮文化促进会的会员，他的店被福州市建宁商会第二届理事会评为理事单位。他有一个梦想，想把 11 年老店开成百年品牌老店。

每年的八一建军节，他都会与昔日的战友聚会，部队战友评价他的责任心强，做事稳重，思路清晰，领导交代的任务都能出色地完成。他分享自己的创业经历，也激励了大家。

12 年的军旅生涯赋予了他勇于拼搏、不怕吃苦、诚信做人、踏实做事的优良品质，军中的优良传统正是他成功创业的基础。延续优良传统，践行强军使命，是他不变的初心。

老兵日记

◇钱宏伟

9月的福州烈日当空，暑气弥漫，却丝毫没有影响我内心的惊喜，因为在今天我终于有机会近距离聆听老兵的心声。

有人说："铭记，就是最好的致敬"，聆听老兵的故事，保存一个时代的记忆，用心用情采写老兵的故事更是一件需要十足耐心、暖心、热心、细心、专心、用心的事，同时也给我带来一次次直达内心的触动与震撼！

我以鼓楼区作家协会理事的身份，联系到《福州日报》社张铁国主任记者，我们约在他的办公室见面，刚走进他办公室，就传来张铁国主任的声音。他正和报社采编人员商讨重阳节报道。待他把工作布置好后，我们分坐下来，我把今天采访的事由作了介绍，就开始了采访。

我没有专门的采访提纲，张主任也没有特别的准备，我们就像老战友聊天一样，他亲身经历的事情，了然于胸，自然娓娓道来，我亦是听得有滋有味并入了谜。说实话，虽然我对他的事迹已经大致有所了解，但是在他的办公室，看到琳琅满目的奖杯、证书、锦旗和感谢信，还是令我很震撼。翻看他那一本本厚厚的发表文章的剪贴报和几十本工作日记，不得不感佩于他这份坚持。

有心就有方向，有爱就有希望

张铁国从小心地善良，爱做好事。上学时，他组织全校千余名青年志愿者到学校周边去做好事。毕业后，他是个人尽皆知的"热心人"。

1996年12月张铁国从湖南常宁参军来闽，8年的军旅锻炼，近400篇上百万字的日记，记录着他生活的轨迹和成长的阅历。退役后，张铁国进入福州日报社工作，他始终坚持以"习近平新时代中国特色社会主义思想"为指导，不忘初心、牢记使命，脚踏实地，爱岗敬业。从部队战士报道员转战地方党报10多年来，虽然工作环境不同，但他始终有执着于新闻事业的理想。张铁国同志主动加强学习，补齐非科班出身的"短板"，认真学习贯彻马克思主义新闻观，学习中央有关宣传思想工作的部署要求，学习省市相关指示精神，不断锤炼和提升脚力、眼力、脑力、笔力，在学思践悟中增强新闻宣传工作的感染力、影响力。他在福州日报担任热线组组长、时政三组组长期间，注重发挥"领头羊"作用，带领全组成员攻坚克难，形成合力，完成了一项项新闻宣传工作任务。

在参与市委"两学一做"学习教育、"不忘初心、牢记使命"主题教育期间，张铁国积极参与主编相关教材，精心撰写稿件，较好地发挥了一名党员骨干记者的作用，将军人雷厉风行的作风与福州"马上就办、真抓实干"的优良作风结合起来，以满腔热情投身于新闻工作中，努力采写有思想、有温度、有品质的新闻作品。

援疆为民服务，维护民族团结

对口支援新疆是国家战略，习近平总书记在第三次中央新疆工作座谈会上强调，"做好新疆工作是全党全国的大事。"2020年4月，张铁国同志积极响应组织号召，克服疫情影响和家庭实际困难，赴新疆昌吉回族自治州奇台县援疆，任福建援疆福州分指挥部宣传工作组组长，担任县融媒体中心（广播电视台、乌拉斯台广播电视发射台）主任（台长）助理、总编室副主任。他走进新疆，了解新疆；来到奇台，解读奇台；成为福州日报成立20多年来第一个援疆记者。

张铁国的130篇援疆日记，共计30多万字，分为"立志援疆""诗和远方""春节记事""为烈士寻亲""别了，奇台"5个章节。记录了他在奇台县援疆的真实历程，生动描述了援疆期间与当地各族干部群众的深厚情谊。

在新疆工作期间，他的贡献主要包含以下五个部分。

一是积极"架桥"。援疆干部人才是边疆与沿海内地交往交流交融的桥梁纽带，是榕奇友谊的使者。张铁国同志充分发挥好这一作用，积极促进两地交往交流。得知奇台县碧流河镇塘坊门村是县融媒体中心"访惠聚"驻村工作队联系村，他积极协调福州爱心企业家，为该村捐赠 110 件大衣，价值 3.3 万元；为奇台县乔仁哈萨克族乡中心幼儿园捐赠棉衣 340 件，将温暖送到各族群众和少数民族儿童的心坎上。他还针对县融媒体中心经费紧张的实际，向福州援疆分指挥部争取到经费 10 万元，解决了受援单位的现实困难。

二是为烈士寻亲。奇台县烈士陵园长眠着中华人民共和国建立初期在剿匪战斗中牺牲的近百名烈士，其中 61 人未找到亲属。在福州援疆指挥部的支持下，张铁国同志充分发挥曾在福州为烈士寻亲的经验优势，将奇台烈士寻亲工作视为己任，以高度的责任感，克服疫情影响，多方奔走查找资料，并联动全国各地媒体和退役军人事务部门，共帮助全国各地 18 名烈士找到亲属。他还结合党史学习教育，深入挖掘烈士先进事迹，并利用个人微信公众号加大宣传力度，提升了福州援疆的知名度和影响力，树立了福州援疆干部人才的良好形象。

三是加大宣传。援疆期间，张铁国同志担任宣传工作组组长，作为指挥部的 6 名骨干之一，他充分发挥一名援疆媒体人的作用，带领全组人员加大新疆奇台推介和援疆宣传力度，全方位、多形式讲好新疆故事、援疆故事，传播奇台好声音。他积极维护"福州援疆"微信公众号，并采写稿件，新闻宣传工作在福建援疆 9 个地市保持第二名的好成绩，并编辑成 2 本内部书籍。他坚持每天写日记，并将 20 多万字的日记结集出版。张铁国负责今年"5·18"海交会展馆设计布展及宣传工作，历经半年，坚持精益求精打造，利用海交会平台充分展示了大美新疆、浪漫奇台风采。展馆亮相后，省委省政府主要领导专程前来巡馆并给予高度评价，《福州日报》推出2个半版，并在10多家媒体上刊发奇台推介会消息，福建媒体对奇台的宣传力度创历史新高。

点燃星星之火，传好党的声音

他无论是当热线记者，还是驻站记者、时政记者，始终发扬特别能吃苦、特别能战斗、特别能奉献精神，积极参与防抗台风暴雨、福州"海交会"、数字中国建设峰会、福州"两会"、党代会等重大报道。

张铁国主任的付出也收获了满满的回报。他为定居福州的南京大屠杀幸存者105岁老人丁慰如找到了南京的亲属；他采写的连江男孩陈财东撑起一个家的感人事迹，使后者获评为2012年度"福建好人"，全国十大"平凡的良心"人物，为"福州日报党报热线"这一品牌获评省市级荣誉打下了坚实基础；他还结合媒体转型需要，开设"福州日报官方微博"，成为该微博的"创始人"。

当好驻站记者，讲好福州故事。他在闽侯、闽清、永泰驻站3年期间，足迹遍布3个县52个乡镇，挖掘基层感人故事。"尼伯特"台风期间，他主动请缨，冒着暴雨和泥石流的危险，徒步挺进永泰重灾区，第一时间采访到了为转移群众遇难的好支书林新华的感人事迹，林新华被评为"中国好人"、福建省"最美村官"。他组织参与策划了福永高速公路通车17个专版特刊，同时，他采写的相关报道获评为福建新闻奖一等奖。他还多次远赴甘肃定西、宁夏固原宣传报道福州对口帮扶及就业扶贫工作，获"福建新闻奖二等奖""福州市优秀共产党员""福州日报社先进工作者""福州市最美家庭""福州市最美退役军人"等荣誉。

聚微光成星河　守初心如磐石

——退役老兵的知心人纪仁祥

◇格　子

　　有的人如太阳光芒万丈，有的人若星光，不与日月争辉，只是数年如一、坚守岗位、埋头苦干。纪仁祥就是后者，在平凡的岗位上，做着不平凡的事，聚微光成星河，守初心如磐石。

　　"在任何岗位上，都要发挥好岗位职能作用，让组织能放心，让上级少操心。"这是纪仁祥常说的话。业已退休的纪仁祥，依然奔波在信访工作的第一线。一听说原来的老上访户又"蠢蠢欲动"，他就毫不犹豫地丢下钓鱼竿，投入到重点服务保障对象的沟通工作中去。

　　从业42年又4个月的纪仁祥，经历了从无线电侦听到政工再到纪检的多次转身，但不管在哪个岗位，他都能交出一份优秀的履职答卷，尤其在信访工作上，成了同行后辈指路的启明星。

雷厉风行的"铁汉子"

"纪局，我在第一天上班前先向你道个谢！"退役志愿兵马某某紧紧握住纪仁祥的手，感谢他在短短一个月时间内，就解决了困扰自己6年的就业安置难题。

为了解决像马某某这一类重点保障对象的安置就业问题，纪仁祥熬夜了解相关政策，通宵讨论解决办法，与市里、区里多部门反复沟通协调，三个双休日都未曾休息，用最短的时间解决了辖区内重点保障对象的需求。

纪仁祥一贯秉持雷厉风行的作风，以"踏石留印""抓铁有痕"的劲头，成功地将个体微光，凝聚成一股强大的力量，照亮服务退役军人"最后一公里"的新征程。

2018年11月30日，鼓楼区退役军人事务局挂牌成立。同一天，离退休仅剩三年的纪仁祥，被组织任命为退役军人事务局局长，原效能办主任的工作要保证，退役军人信息采集的工作也要马上启动。面对人手不足、办公场地缺乏、任务重、事情多等一系列难题，纪仁祥也犹豫过；但一番思想斗争之后，他毅然决然地接过组织的"枪"，义无反顾地开启了"退役军人事务局"从无到有的"拓荒之路"。

鼓楼区退役军人事务局在他夜以继日地运作下，仅一个半月时间，就高效完成了全区退役军人的信息采集。为退役军人悬挂光荣牌的工作，也成功实现上门发放、应送尽送；不漏一户、不错一人。

仅一年时间，鼓楼区退役军人事务局，就从两个人发展成为一中心"四办"10多人的局室，从一个挂名部门，发展成为有着79家街道和社区两级退役军人服务站支撑的完整部门；鼓楼区退役军人服务保障体系也实现了"五有""全覆盖"；其中有两个街道和两个社区的典型经验，入选福建省退役军人服务保障体系建设典型案例，在全省进行推广，并得到退役军人事务部领导的高度肯定。

满腔柔情的"知心人"

工作上，纪仁祥是雷厉风行的"铁汉子"，但在面对退役军人时，他却是一个满腔柔情的"知心人"。

同事都说，纪仁祥是"受气局长"。退役军人有什么苦都爱朝他诉、有什么怨总是向他说。他却甘当"受气筒"，乐作"怄气包"，定期约谈重点保障对象，给他们上党课、讲道理，对国家政策法规做好宣传；倾听他们的需求、了解他们的难处、关心他们的动向，主动做他们的"知心人"。

上任后，纪仁祥马不停蹄开展优抚帮扶、走访慰问等工作，把退役军人及其家属当"家人"，把退役军人关心的事当"家事"。久而久之，纪仁祥成了退役军人的一颗定心丸；"有事找纪局"也成了鼓楼区退役军人口口相传的一句话。

在不违背原则的前提下，纪仁祥总是"能帮就帮"。因此，慷慨解囊成了他的生活常态。今天得知，生活拮据的退役士兵董某某，儿子遭遇车祸，就把身上仅有的500元现金捐给了他；明天得知，转业志愿兵马某某确诊肺癌、没钱治疗，他不仅带头捐资，还动员全区退役军人事务系统干部职工及爱心企业捐款；后天看到，低保户烈士遗属庄某某的电风扇破旧，就自费购得落地风扇赠予……要是有退役士兵说没钱吃饭，他就自费给人家办张饭卡；即使是家境困难的退役军人的家属找工作，他也热心帮忙协调、牵线搭桥……把退役军人关心的事、着急的事、盼望的事，都当成了他自己的事。

爱管"闲事"的纪仁祥，几乎忘了自己患有甲亢，把"多休息、不熬夜"的医嘱抛诸脑后。为了尽快解决退役军人的"急难愁盼"问题，他常常"5＋2""白＋黑"，加班加点更是家常便饭，眼红、眼突成了常态，因劳累过度，腰疾发作、直不起腰，还坚持带病上班。连他的爱人都忍不住"吃醋"，说他心里只有退役军人。

化解矛盾的"多面手"

"信访工作是天下第一难事"，很多领导干部都有这样的认识，遇到棘手信访工作都是绕着走，纪仁祥却总是站在矛盾最前沿，冲在危急第一线，无惧信访这座珠穆朗玛峰，勇于攀登，在维护社会和谐稳定的山道上一往无前。

福州两会期间，有10多名鼓楼籍重点服务保障对象聚集信访。事情紧急，现场群众情绪激动、行为激烈，稍有不慎就可能引发群体性事件。接到消息后，纪仁祥第一时间赶到，他只大吼一声："什么时候回去？"那些人便偃旗息鼓、作鸟兽散。因为他们都知道，讲道理说不过纪局，谈人情都亏欠纪局。

鲜有人知，如今"多面手"的他，是多少个日日夜夜，孜孜不倦、枕典习文的结果。在纪仁祥并不宽敞的办公室里，桌头案几，四处摆满了各种卷宗、书籍，从中央到地方的各项政策法规，再到退役军人的各类法规条例，只要和自己工作有联系的，纪仁祥都广泛涉猎。

这些积累，让他能综合运用法律、经济、行政、政策等合理手段，根据情况适时采取教育、对话、谈判、协商等多元调解方式，有效预防、妥善解决信访问题。

他常说，"要做好信访工作，一定要'四个知道、两个跟上'。"他认为，要及时知道重点保障对象"人在哪里、在干什么、在想什么、需要什么"，同时做到"思想化解要跟上，解决问题要跟上"。而要知道这些、做到这些，就得不断加强学习，提升自己的认知与解决问题的能力。

不忘初心的"黑包公"

有一种人可以蜡炬成灰、照亮别人；可以萤火微光，温暖前方。再重感情的他，宁做黑脸包公，也绝不碰做人做事的底线、不触党纪国法的"高压线"。

作为退役军人事务局的负责人，纪仁祥深知清正廉洁不仅是党员领导干部的立身之本，更是所有退役军人的信任之源。这些年来，找他喝酒、送礼、走后门的同学、战友、亲朋好友不计其数，但他从未违心收受，他坚决不喝酒、不吃饭、不收受任何红包、礼物。无论是抗美援朝退役的父亲，还是曾经服务过的首长，都曾谆谆教导他"做一个正直的人"。哪怕早已退役几十年，他依然不忘叮咛，保持着军人勤政廉洁本色、忠诚干净担当。

纪仁祥不仅严于律己，而且要求全局干部职工严格落实各项规章制度，特别是财经制度，要求每笔经费的发放分毫不差。退役军人事务局每年需代发各种经费高达人民币 1 亿多元，涉及就业创业、信访化解、服务体系建设、双拥共建等多个项目，工作繁杂、千头万绪，但在 2021 年底的巡查中，最终以"零差错"定论。

莫道桑榆晚，为霞尚满天。年近花甲的纪仁祥，仍不忘初心使命，坚守在'我为退役军人办实事'的路上，在实现强军梦、强国梦的路上，凭着他一点微光、照亮远方。

人生何处不风景

——记优秀退役军人代表黄天中

◇卢琪峰

午后的阳光照射在六一北路奇志口腔连锁（金福康口腔）医院门前的行道树上，晃出斑驳而美丽的光影。两层楼的医院明净宽敞，穿过一楼长长的廊道，黄天中医师忙碌的身影便出现在我的眼前。

或许是同龄人的缘故，初次见面，却没有一点生分的感觉。眼前的黄医师，面庞清癯，双目炯然，脸上流露着亲切随和的微笑，眉宇间透着军人特有的刚毅，握手时传递过来的热情和力量，给人带来极大的安全感。

来之前就听说黄医师医术高超，服务一流。于是，我决定以患者的身份和他做一次面对面的交流。恰好我刚在一家小诊所做了二带一烤瓷牙连贯修复手术，感觉有点不适，就请黄医师做个诊断。

躺在全自动牙科综合治疗椅上，只见黄医师打开一次性器械盒，熟练地取出口镜、镊子、探针，仔细探查，俯身耳畔："你的牙齿修复得挺好，经过一段时间的磨合即可消除不适感。"亲切的话语、细致入微的操作消除了我的顾虑，暗自窃喜：黄天中医师果真是江湖传说中的"黄大师"，精湛的技艺、周到的服务足以赢得患者的信赖。

黄医师很忙，不时要处理医院的一些日常事务。会客厅里坐着三五宾客，有的是黄医师的战友，有的是他的朋友（准确地说是之前的患者、现在的知交）。交谈中，一个有情怀、有梦想，侠骨柔情、古道热肠的退役军人形象栩栩如生地浮现在我的面前。

心怀梦想，路致远方

1964年，黄天中出生于江苏启东县农村，家里兄弟姐妹多，然而艰苦的生活却没有泯灭他心中的理想和志向。他从小就向往军营，觉得当兵非常光荣、神圣，也是改变个人命运的途径。

1982年高中毕业，黄天中怀揣一颗火热的心和报国之志，参军入伍，来到东南福城——福州，从此和这座城市结下一生的情缘。

3个月的新兵训练，凭借优异的表现和活络的头脑，黄天中被选中分配到原南京军区司令部驻闽某干休所门诊部，跟随军医学习口腔医疗保健技术，为离退休老干部及其家属提供服务，也为驻地群众免费义诊。一晃14年过去，黄天中从一名农村来的新兵蛋子成长为能够独当一面的技术能手、医疗骨干。

"铁打的营盘，流水的兵。"1995年12月，根据部队相关规定，黄天中依依惜别军营。青春无悔，他把人生最美的年华献给了部队后勤保障及医疗事业，用行动弘扬了"军爱民，民拥军，军民团结一家亲"的光荣传统。

洒泪挥别昔日的战友和军营，黄天中返回老家启东县，开始了早九晚五按部就班的生活。可是，这样的日子并不是他想要的。14年军旅生涯磨砺了他的意志，锻造了他特有的敢闯敢干的品格。

梦里依稀是福州——那里有洒下他青春汗水的军营；有朝夕相处的老领导、老战友；有因免费治愈牙疾而心存感激，拎着一篮子鸡蛋在干休所门外守候的大爷大妈们；更有他难以割舍、视作一生追求的口腔医疗事业。

于是，而立之年的他说服年迈的双亲，带着妻子和孩子，重返福州，开启创业之旅。

自主创业说起来容易，干起来却步步维艰。此时的黄天中，一无资金，二无背景，三无客户，四无名气……拿什么自主创业？然而，多年的军营生涯锻铸他刚强坚毅、永不言败的品格。没有资金怎么办？凭借军人的自信和优良的信誉，他东奔西走，筹措到一定的资金，租房子、买设备、购药品，终于具备了开设门诊的条件；没有客户怎么办？他从身边的客户做起，主动到街道报备，到社区求助，给诊所周边的患者治疗，优待所有退役转业军人；没有名气怎么办？靠大爷大妈们的口口相传，靠优质服务打下良好口碑，赢得患者的信任。

不出两年，黄天中的金福康口腔诊所就在福州打出了名气。许多牙疾患者慕名前来，都知道鼓屏路上有个部队出来的牙科专家"黄军医"。

小诊所的成功给黄天中带来衣食无忧的生活。几年后，他有了房，有了车，有了位于鼓楼区中山路的牙科诊所，步入舒适的生活圈。眼瞅着小日子过得有滋有味的，妻子多么希望他能够放缓脚步，多陪陪年幼的孩子，然而，黄天中有他的事业追求：创办新的口腔诊所，带动更多的退役军人创业。

晚上，他拖着疲惫的身子回家，望着因操持家务、照料小孩而同样疲惫的妻子，心生歉疚。妻子却从他的眼神中读懂那份坚毅："放心去闯吧，家里有我呢！"

在兴建、扩建牙科诊所过程中，黄天中始终坚持高标准、严要求，特别是在培养、引进医疗人才方面，他下了一番真功夫、苦功夫。他几乎把所有的精力都倾注在医院的业务发展上，招聘了60名专职医生和下岗待业退役军人，除了参与日常门诊外，还亲自带教招聘来的年轻医生。对他们，黄天中既严格要求，又热情施教、倾囊相授，没有半点门户之见。同时，他也虚心向有专长的医生学习，经常研讨病例，取长补短，共同提高。有人跟他开玩笑说："你培养了一个高徒，就是培养了一个强劲对手啊！"但黄天中并不以为然。他认为，只有诊所的每一个医生都具备高超的医疗技术，才能为患者提供更好的服务。

经过20多年的发展，黄天中的牙科诊所从无到有、从小到大、从弱到强，从鼓屏路到中山路再到六一路，从社区诊所辐射至全市各地。如今，黄天中和奇志口腔合作，强强联手，在晋安区六一北路开办了一家面积近 2000 平方米的奇志口腔连锁（金福康口腔）医院，任执行董事、业务院长。他的口腔连锁医院名声越来越响，影响越来越大，服务越来越好，成为同行业中的佼佼者，福州民营口腔医院的一个标杆。

心安之处是故乡，黄天中的内心，早已将福州视作他的第二故乡。事业有成的他成为"新福州人"的代表，退役军人创业成功的典范。2021 年，黄天中成为福州市"最美退役军人"提名奖获得者，受聘成为福建省退役军人就业创业指导团队成员。

清澈的爱，只为患者

黄天中常说，对待患者，一定要像对待亲人一样充满爱。为了照顾年老体弱和路途较远的患者，他经常派车或自己驾车接送，尽可能减少患者跑路次数，有时还亲自上门服务。他总是不厌其烦、设身处地为患者着想，宁可自己麻烦一点，也要尽量减少患者的不便。对经济条件不好的患者，他以医者的古道热肠感动着对方。

有一回，一位八九十岁的老太太到诊所"诉苦"，由于满口无牙，天天吃流质食品，说话口齿不清，且经济条件不好，生活比较窘迫。黄天中专门为她制作了一副假牙，耐心地把假牙全部调好，解决了老太太"吃饭难"的问题，最后仅象征性地收了20 元钱。老太太十分感动，逢人就竖起大拇指夸奖："小黄医生真是部队培养出来的好医生啊!"

一位 20 岁出头的年轻人因几颗牙齿长得歪歪扭扭,感觉有损个人形象,就找上门来,强烈要求把那几颗牙拔掉,再安装假牙,让自己"帅一点"。黄天中认真检查后发现,那几颗牙齿虽然参差不齐,但根本没有问题,不必拔除。可是,年轻人非常固执,坚决要求拔除。黄天中不厌其烦地劝导:"小兄弟,你的牙拔掉很容易,但你还年轻,今后的日子还长着呢。如果冲动之下拔掉真牙、镶上假牙,不但不利于健康,而且会造成损害,将来就悔之不及了!"

黄天中反复劝说,用真诚打动了年轻人,终于使他打消了拔牙的念头。之后,黄天中为他量身定制了矫正方案,经过一年多的精心治疗,终于让这个年轻人"既没拔牙,又变帅了"。此后,年轻人经常到诊所做客,时间一长,他们竟然成了"忘年交"。

目前,黄天中的口腔连锁医院能开展高精度的各类烤瓷牙、桩冠、全瓷修复、种植牙以及仿真全口义齿等业务,还可以开展各类牙列不齐的正畸治疗。虽然他的团队业务水平深得同行认可,更广为患者肯定,但他深知,学无止境,始终坚持学习,吸收学科新理论,总结临床新经验,钻研牙科新技术,不断提高医疗业务水平,为患者提供更专业、更安全、更放心的医疗服务。

在长期的医疗实践中,黄天中摸索出一套中西医结合防止拔牙出血的方法,为患者带来了福音。他不满足已掌握的传统补牙、镶牙医术,先后到上海口腔医院、南昌医科大学、第四军医大学学习，接受医学教育，专业攻关牙科。随着技术能力的不断提升，黄天中成为福建省口腔医学会民营医疗机构专业委员。他密切关注口腔医学新动态，并利用分布在全国各地的战友关系，投入资金更新医疗设备。目前，他的口腔连锁医院拥有与省内多家省级医院相媲美的专业设备，可以更好地服务患者。

公益之心，基于责任

作为一名医生，黄天中经常参与街道和社区组织的志愿服务活动，施一技之长为社会服务，为百姓解除病痛。在日常就诊中，遇到经济条件比较困难的患者，常常只收成本费。有的患者感觉过意不去，打算放弃治疗，他就告诉对方，在街道或者社区组织的公益活动中可以接受免费诊疗。而当患者到活动现场时，却惊讶地发现负责免费诊疗的正是黄天中医师，心头油然而生深深的敬意。

黄天中来自农村，从小吃过苦，受过累，饿过肚子，对贫困有着切身的体验，对弱势群体总是怀着深切的同情与关爱。他积极参与扶贫济困事业。2017 年，福州鼓楼区与甘肃省定西市岷县建立东西部扶贫协作对口帮扶关系，同心协力攻克贫困堡垒。黄天中由于事务繁忙，不能随同医疗援助队前往，心却牵挂着万里之外的岷县。"虽不能至，然心向往之"，他向岷县捐款 1 万元，表达"山海情深，共筑小康"的心愿。此外，他还积极参加省、市、县公益慈善机构举办的社区敬老助残、看望照顾孤寡老人、帮助重病患者募集善款等志愿服务活动，赢得一致赞誉。2020年，黄天中光荣当选"福州好人"。

黄天中开业从医 20 多年，已为数万名牙病患者提供服务，尽职尽责、精心从医。他经常参与社区组织的便民利民活动，开展牙病义诊服务，向民众宣传保护牙齿、预防牙病的卫生知识。人们佩服他的高超医术，更仰慕他的大爱无疆。因此，福州奇志口腔连锁（金福康口腔）医院被福建省知青文体交流协会授予"福建知青之家"荣誉称号；被福建省海西细胞生物工程有限公司授予牙髓干细胞储存合作单位；被福建省《都市生活周刊》授予 2019 年度福州（金牌口腔）网络评选大赛冠军称号；荣获"福州在线"2019 年福州百姓放心医疗企业第一名。

逆行之光，点亮初心

作为一名党员，黄天中不忘入党初心，牢记职责使命，在党和人民需要的时候，挺身而出，用行动诠释一位共产党员的使命担当。

2020 年 2 月，新年前夕，一场突如其来的新冠疫情打破了春节的吉庆祥和。在这场看不见硝烟的战场上，危险四伏，病毒随时可能入侵福州。黄天中深知其中危险，却毫不退缩，主动报名参与社区防疫抗疫。疫情防控初期，工作量非常大。他始终坚守一线与其他志愿者密切配合，24 小时轮班，对进出小区的人员测量体温，符合要求者方可入内，他参与社区上门防疫服务，对来自外省被要求居家隔离的人员开展巡回检查、测温，防止"漏网之鱼"，确保疫情防控万无一失。

面对防疫抗疫初期各类物资紧缺的状况，黄天中疏通各种渠道，先后采购了数万元的防疫物资，包含口罩、消毒水、测体温工具、一次性手套、护目镜以及防护服等防疫物资，及时捐赠给社区；援助福州 T3 出行出租车（华利）企业，送去价值 5000 多元的医用口罩、酒精防护服及消毒水等防疫物资。

在疫情防控常态期，黄天中时常牺牲休息时间身穿"红马甲"，手持"小喇叭"，走街串巷宣传防疫知识，助力疫情防控。他用爱心和行动激励着抗疫路上的每一位逆行者，共同为社区居民的生命健康筑起一道道安全屏障。2021 年，黄天中荣获福州市"学雷锋最美志愿者"称号。

走出奇志口腔连锁（金福康口腔）医院，已近黄昏。抬头望去：天边出现一道绚烂的霞光，织锦般渲染开来；峰峦起伏的金鸡山山头笼罩在一层耀眼的金光里；天空一片橙黄金灿，宛若一幅色彩斑斓的绝美画卷。

执意送我至医院门外的黄天中无暇驻足观赏这美好的景致。他不是看风景的人，而是"风景"的制造者。

他和他的口腔医疗团队，正筹划启动一家新的口腔医院——坐落在仓山区上藤地铁站附近占地 9300 平方米，共有 8 层医用综合大楼的奇志口腔连锁（金福康口腔）医院，即将于今年年底试运营。

骨子里流淌着军人基因的黄天中，退伍不褪色，怀揣创业梦想，靠医者仁心、忠诚担当和勇毅进取在口腔医疗领域闯出一片天地。他最大的梦想就是做大做强口腔连锁，打造我国一流的民营口腔医疗企业，做有责任、有担当、有爱心、有情怀的民营企业家，正如《退役军人心向党》歌中所唱："一心为民作奉献，责任担当肩上扛，奋勇争先作表率，祖国强盛我辉煌。"

"兵妹妹"的养老院

◇张　茜

伴随我国经济快速发展、人民生活水平日益提高，老龄化社会到来。联合国《世界人口展望2010》数据表明：中国社会老龄化程度将不断加深，2050年65岁及以上老年人口比重会达到30.8%左右。而家庭小型化使赡养、陪伴老人功能弱化，众多老人面临独居生活的困境。人是群居动物，没有谁希望自己孤独终老，孤独也不利于老人的健康。尊老爱幼是中华民族几千年的传统美德，养老、老年生活成为当今人们的一个担忧，国家将解决人口老龄问题上升为一项长期战略任务。

民办养老院仿若一朵爱心之花，在政府关爱、百姓需求里萌芽成长，挑起陪伴、照顾、护理全社会"父母"的重担。"兵妹妹"张红兵，就是这样的一个"社会女儿"。她的名字里有"兵"，生命里也离不开"兵"，当兵20年，爷爷是军工专家，爸爸是自卫反击战老兵，和丈夫也在军营里相识。

一

2007 年，张红兵从陆军副团级工作岗位上转业，选择"自主择业"——"那么我要干什么呢？年纪轻轻，才 39 岁。"她一边和自己对话，一边思考下一步。一颗"种子"落地，到了适宜机会就会发芽，这个时机，也许是几天，也许是几年，也许是很多年。在思索里，一个画面浮现张红兵脑际。那是数年前她回北京探望爷爷奶奶，两位老人由于身体原因住在养老院里，天使一样的医生护士，轻手轻脚，穿梭于各个病房。"我毕业于部队医高专护理专业，做了 8 年综合护士，轮转各科室，对每一个科室的护理工作都很熟悉。那时候看到爷爷奶奶住在养老院里非常好，我就想将来也办一家养老院，让爷爷奶奶住在我的养老院里。"张红兵说，"不过说实话，当时那想法也就一闪而过。神奇的是，在转业后的思考里，它竟又冒了出来。"经过一番慎重考虑，张红兵决定开办一家养老院，实现为爷爷奶奶养老的心愿。她对这个决定充满信心，在部队做过医护工作者、膳食科科长、办公室主任，为她积累了丰富的经验。张红兵说："部队培养了我。"

张红兵小时候跟着爷爷奶奶。她出生在父亲的军营里，父母工作太忙，满月后将她托付给离休的爷爷奶奶，一周岁才见到父亲。爷爷是军工专家，养成默不作声习惯，成天手背在身后，看着小红兵就笑，空暇时教她读英语、背唐诗，给她讲述红色革命故事。原生家庭环境，铸就一个人爱心的基础。我问她："你这么一个爱漂亮的女同志，成天与近 200 位高龄老人待在一起，不害怕吗?""不害怕，一点儿也不害怕，一我是护士出身，二我觉得他（她）们都是我的亲人，都是我的爷爷奶奶。他（她）们很爱我的，总是'院长呀''兵妹妹呀'地叫我，饱含着长辈对晚辈深深的爱，我懂得。"她说，"所以，我更喜欢听爷爷奶奶们叫我'妹妹''兵妹妹'。"一股热流从心房冲向喉咙，我眨眨眼睛，稳住情绪。

二

张红兵拥有两家养老院，均位于市区，一家在白马路勺园，一家在鼓西路旧米仓，但自己的爷爷奶奶终究没有来，这是她很遗憾的事。"小时候爷爷奶奶带着我，到长大了要尽孝时，他们不在了。"张红兵在养老院里"爷爷奶奶"地叫着，老人们特别高兴，因为兵妹妹的呼唤声里，饱含纯真深沉的爱。养老院在市区，能自理的老人住养老院，如小时候上幼儿园，不能自理的老人，子女探视很方便。房租成本"可观"，但收费标准仍是 8 年前的价格。"时间长了，像一家人，涨费用开不了口，有一点盈利就行了。"张红兵开心地说道。一家香港投资公司跟踪她 5 年，想支持她上市。"别人投资我上市，要图利，我不想每天在老人们身上算计，更喜欢这种有家人的感觉，心里很舒服。"

关于老人养老问题，我也无数次思考过，得到的信息基本来源于媒体报道和影视剧，似乎负面内容较多。每每路过一家养老院，总想走进去看一看，但紧闭的铁门让人望而止步。只能驾驭视线，越过铁门，望向楼上的一间间房门、一扇扇窗户，但从没望见到里面的老人。

那天上午9点钟，我独自来到白马路勺园——张红兵的"福颐养老院"。楼房橙红色、长者食堂天蓝色，养护极好的三角梅、印度榕、洒金珊瑚、芭蕉……沿墙边、楼边围绕着整座养老院，宛若乐园。三角梅开得正艳，热烈而喜兴；芦丽捧着一朵朵紫色喇叭花，像一群活泼天真的少女。从植物的养护状态，可以判断出经营者的严谨和缜密。草兴家旺，我很期待看到张红兵。

走进长者食堂，卫生干净得纤尘不染，使人想起部队食堂。食堂四周墙上挂着"防范养老诈骗，牢记十个凡是""老年人养生知识"等温馨标语。我想象老人们一边用餐，一边阅读这些知识，学会自我保护。

"哎呀！怎么打您手机不接啊？"张红兵兴冲冲来到我面前。她打来微信电话时，我的手机正在拍照。走进她的办公室，简单得让人惊讶，她既是高干子女，又是名人，还是两家养老院、一家老人护理中心的老板，但办公室的陈设却很简单。"简单专注，做好做专，是我做人做事的信条。"张红兵说，"您看，这是我的'全国模范退役军人'奖状，全国的，上面盖着5个印章呢。"张红兵指着挂在办公桌前墙上的奖状。奖状上盖着5个印章，我一一细看：中央退役军人事务工作领导小组办公室、中共中央组织部、人力资源和社会保障部、退役军人事务部、中央军委政治工作部。授奖时间为 2019 年 7 月 24 日，距离张红兵创办第一家养老院整整 10 年。十载奉爱心，竞得梅花香。

从得到这张奖状、拿到奖金 1 万元那刻起，张红兵感觉自己的"段位"不一样了。"得到这么高的荣誉，没想到，真没想到，怎么也没想到。连一直严厉的父亲，也对我刮目相看。"张红兵说，"父亲是个师级干部，长得很帅，大高个，我长得很像他，您看他的照片，是很帅吧？"父母远在北京，她看着手机里的父亲照片，言语间满是爱和崇拜。获得奖金 1 万元，张红兵觉得这钱不属于她，"我把奖金捐给了户籍所在地鼓西街道的老人，捐给了有困难的退役军人，之后每年'八一'都捐。"

"您自己生活这么简单，却把钱捐给别人。"我很惊讶。

"我觉得作为全国模范退役军人，不仅要把养老院办好，替社会分担责任，还要力所能及地去帮助那些需要帮助的人。去年得知我以前所在的部队医高专的教官摔伤，我送去 2000 元慰问金，这个世界应该处处充满爱。"张红兵从慰问重病退役军人，慰问"退役军人军歌嘹亮合唱团"，到成为"福州市退役军人爱心协会"发起人之一，她想帮助更多的人。"全国模范退役军人"称号，不仅肯定、表彰了张红兵，还激励了她。荣誉、奉献是军人的魂。

三

"走，我带您去院里看看，这边都是全护理老人，有 110 位，床位满了。"张红兵说，"不过，不知道您会不会害怕？"我说，"试试吧，我小时候也是跟着奶奶。"心情忐忑地跟在张红兵后面，橙红色楼房，在蓝天骄阳下宛如一朵盛开的康乃馨。一位女护工，手臂上搭着十来件刚洗净甩干的老人衣服，进来电梯，湿凉凉的衣服摞在健硕手臂上，图案纷呈，颜色花俏。一位耄耋爷爷，衣着整洁，头发一丝不乱，膝上放着一台平板电脑，面前谱架上夹着歌曲单，笑盈盈地坐在二楼一个弧形阳台上，身旁花草芬芳。他看见院长就高声喊："兵妹妹来喽，我们上次演出，第一个节目大合唱，第二个节目'鲁冰花'，第三个节目是院长兵妹妹独唱——'我爱我的祖国！'"我侧脸看院长，她俯身笑着，然后跟我说这栋楼 110 位全护理老人，就这位爷爷状态最好，能起来行走，但大脑也退化了。那位爷爷自顾自地继续说，"我不跟她们玩了，她们都是'纸屁股'，不好玩，我自己在这儿练歌，要去比赛。"说完哈哈大笑起来，精神状态十分好。"纸屁股？"见我疑惑。张红兵解释就是穿着纸尿裤，这爷爷还嫌弃别人，您看他还不是带着导尿管？我目光一瞥，心情沉了下去。

张红兵带我走着，一路上碰到护士、护工、医生，都自然地交谈几句工作。她说我平常和大家一起干，每天早会过后，查房，上午在这边，下午在鼓西路。查房时遇到喂饭，我就喂；遇到给老人翻身，我就翻。家里老人不能动了，就送来这里，我们有专业、有条件，和国资康养机构合作，和省老年医院、武警总队医院合作，确保轻重缓急地护理、救治甚至送终。来时我看过一些她的宣传材料，知道有老人临终时，儿女特殊原因赶不来，是张红兵带领医护人员为爷爷奶奶们送终。这番大爱，人间少有。

我们走着，一间间房间，窗明几净，绿植长势颇佳，散发出生命活力。整个几层楼房，五六十个房间，竟没嗅出一丝异味，心里不由暗自钦佩。只见一位女护工单膝跪上床，抱起一位男性老人，老人头面干净，带着鼻饲管，一只手臂紧紧搂着护工脖子。床上被褥明黄拼接淡蓝，清洁柔软。原来是老人要换纸尿裤了，换好纸尿裤的老人，安详地躺在床上，脸上露出浅浅的微笑，如同婴孩一般。我感动了，泪水夺眶而出，哽咽着说："院长、张红兵、兵妹妹，您就是天使降落人间，我看见您背后闪耀着慈悲的光芒。"

她说："我是一名退役军人，部队锻炼了我的意志，教会我为国家、为荣誉而战。我在部队时拿了很多先进荣誉，现在我又是全国模范退役军人，事事更要走在前，做好模范带头作用，以实际行动，报效祖国。"

"帮天下儿女尽孝，给世上父母解难，为党和人民分忧。"这是兵妹妹张红兵的座右铭，也是她砥砺前行的无穷动力。